Mord

am

Grumeti River

Autor: Wolfgang Pade

Bibliografische Information der Deutschen Nationalbibliothek:
Die Deutsche Nationalbibliothek verzeichnet diese Publikation
in der Deutschen Nationalbibliografie; detaillierte bibliografische
Daten sind im Internet über http://dnb.dnb.de abrufbar.

Mord
am
Grumeti River

Herstellung und Verlag:
BoD-Books on Demand, Norderstedt
ISBN: 9783754353967

Der Autor

Wolfgang Pade bereiste viele Länder der Erde. Für diesen Kriminalroman besuchte er Tansania, die Serengeti, sowie dessen schönes Umland, um die daraus gewonnenen Erkenntnisse in dieses Buch zu integrieren. Er ist verheiratet, Vater zweier Söhne und arbeitet als Ingenieur und Manager in einem großen deutschen Konzern.

Dieser spannende Kriminalroman spielt in Tansania und die Serienmorde werden von der örtlichen Polizei und dem abgesandten deutschen Kommissar Manfred Turm ....

Ein Sexualtriebtäter und Serienmörder treibt sein Unwesen am Grumeti River in der Serengeti, so wie der näheren Umgebung. Um diesen schwierigen Fall zu lösen, bedarf es große Anstrengungen und Hilfe aus dem Ausland. 120 Seiten.

Alle Personen und Handlungen in diesem Kriminalroman sind frei erfunden, sollten sich dennoch Parallelen zur Realität ergeben, so sind diese rein zufällig und unbeabsichtigt.

Leseempfehlung ab 16 Jahre.

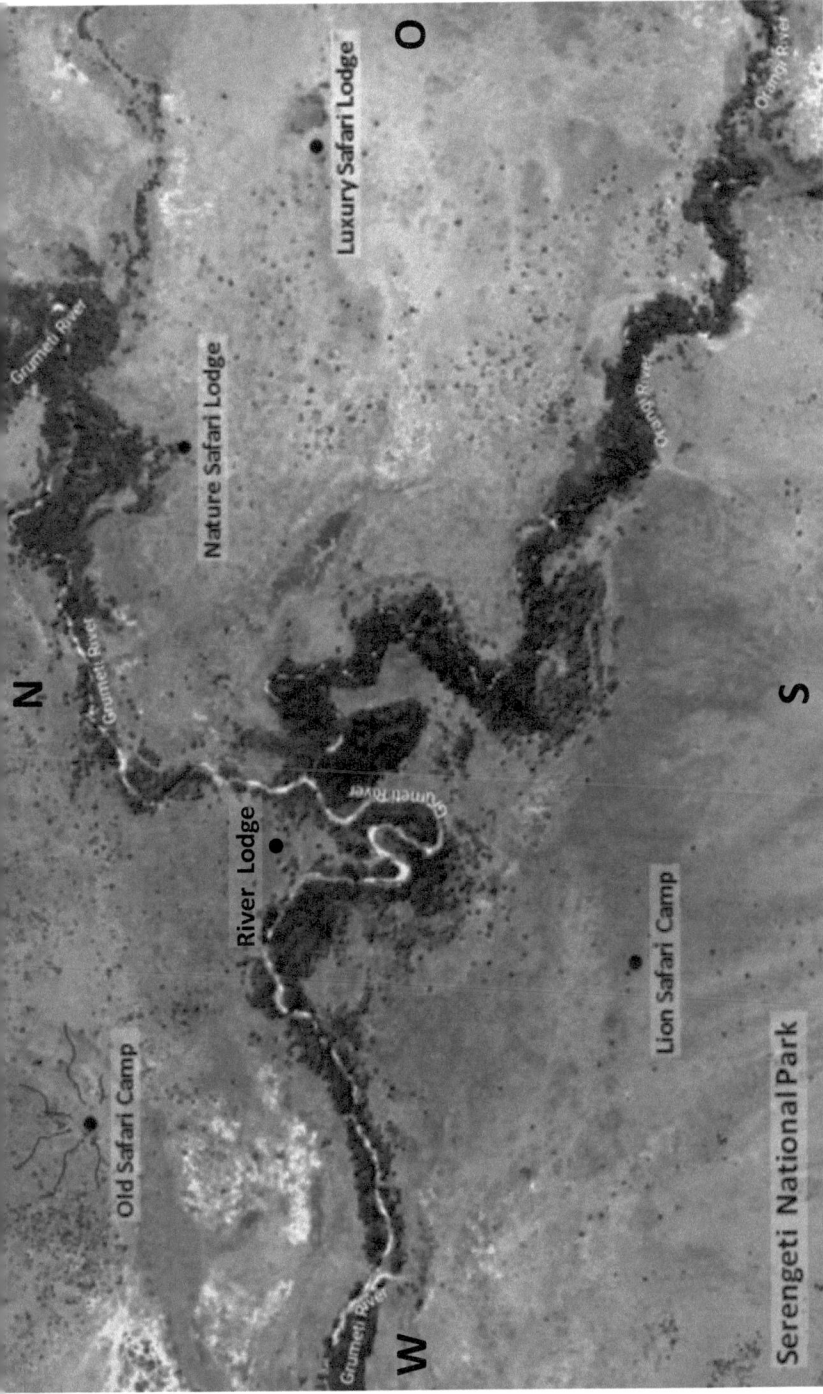

Mord

am

Grumeti River

Voller Vorfreude warten die vier Männer auf der "Luxury Safari Lodge" auf das leckere Mittagessen, das ihnen gleich auf dessen Gelände, etwas abseits der Safaritouristen, mitten auf einem Stück der halbvertrockneten Savanne der Serengeti in Tansania, serviert wird. Auf einem einfachen Holztisch, mit einer schneeweißen Tischdecke, wird den vier Freunden das leckere Essen vom Personal kredenzt. Dabei sitzen die Herren auf den massiven Holzstühlen mit Antilopenfell und prosten sich mit einem kräftigen Glas Rotwein, vom Weingut Stellenbosch aus Südafrika bei Kapstadt, zu. Der fünfzigjährige dunkelhäutige Chefkoch grillte, mit seinem langjährigen Erfahrungsschatz, ein wunderbares Filetsteak vom Gnu, das einer der Ranger heute Morgen in der Savanne fand und mitbrachte. Es wurde auf dem Grill der Lodgeküche zubereitet, dazu gibt es gegrillten Mais und leckere Bratkartoffeln. Am Tisch sitzen die zwei Amerikaner, der zweiundsechzigjährige Besitzer Ronald Miller und sein Dauergast Rentner Henry, so wie der fünfzigjährige Chefkoch und der fünf Jahre ältere dunkelhäutige Manager Thato Jacobs aus Kapstadt. Die Freunde arbeiten und leben hier schon seit über sieben Jahren, denn zu dieser Zeit hatte der zweiundsechzigjährige, füllige und waschechte Amerikaner Ronald Miller die komplette Anlage gekauft und eine gut gehende Luxuslodge daraus gemacht.

Ronald Miller kann auf ein erfolgreiches Geschäftsleben zurückblicken, denn er schaffte in den USA tatsächlich den Sprung vom Tellerwäscher zum Multimillionär. Er zählt zu den Neureichen dieses Staates und als Fabrikant stieg er vor sieben Jahren aus, um sich einen Kindheitstraum zu erfüllen. Er wollte unbedingt die legendäre Serengeti mit seinem wunderschönen Nationalpark und dem großen Tierreichtum kennenlernen. Denn er liebte seit je her Afrika und seine Einwohner. Der leicht dicke grauhaarige Genießer mit dem mondrunden Gesicht und der Knollennase, geht gerne mit seinem amerikanischen Lederhut, einem einfachen Hemd, einer grünen Safariweste, so wie einer bequemen Safarihose durch seine schicke Luxuslodge. Oftmals raucht er dabei eine dicke und lange Havanna Zigarre. Er schaffte sich hier ein kleines Paradies, denn diese Lodge ist die luxuriöseste Anlage der ganzen Serengeti. Seine "Luxury Safari Lodge" besteht im Wesentlichen aus acht einzelnen natursteingemauerten, mit Stroh bedeckten, Bungalows. Diese sind alle mit sicheren Holzstegen und einem massiven Geländer zum halbrunden, zweistöckigen Hauptgebäude verbunden. Dieses Gebäude wurde im gleichen Stil wie die schönen und hochwertigen Bungalows erstellt. Jeder Bungalow besitzt mindestens ein Luxusbad mit runder Badewanne, eine riesige vollverglaste Wellnessdusche, passende Waschtische und Toiletten. Die Innenausstattung des Wohnbereiches ist klassisch, edel und mit viel Leder, im alten englischen Kolonialstil, eingerichtet. Die Schlafräume sind ebenfalls luxuriös möbliert und die übergroßen Doppelbetten lassen sich komplett mit einem schneeweißen Moskitovorhang schließen. Am schönsten ist es aber auf den Terrassen der Bungalows, wobei eine auf der Sonnenseite am eigenen Privatpool liegt und die zweite auf der Schattenseite, um entspannt die Tierwelt zu beobachten, oder einen kühlen Drink zu genießen. Das Hauptgebäude beherbergt zwanzig luxuriöse Gästezimmer, die jeweils mit einer sehr großen überdachten Terrasse ausgestattet sind. Von hier schaut man zum äußerst gepflegten Garten, der mit Liegen und einem ganz langen gefliesten Überlaufpool eingerichtet wurde. Dieser blau gefliste Überlaufpool liegt über zwei Meter höher als der künstlich angelegte See vor der "Luxury Safari Lodge". So ist es den Gästen ein leichtes, direkt von den Terrassen, dem Garten, oder dem Überlaufpool auf die vielen Wildtiere am künstlich angelegten See zu blicken. Die Verwaltung liegt unauffällig vor dem Resort in einem kleinen Gebäude und das Restaurant separat in bester Lage, ebenfalls mit Blick zum Garten, Überlaufpool und dem künstlich angelegten See. Im Garten gibt es zudem eine schicke Außenbar, die keinen Wunsch offen lässt. Auf dieser wunderschönen Anlage arbeiten fünfzehn festangestellte Arbeiter, die ganz unauffällig in einem Arbeiterhaus am Rande des Resorts wohnen. Überdachte Parkplätze stehen den Gästen neben dem Verwaltungsgebäude am Eingang zur Verfügung.

Ronald Miller dachte immer an alles und überlegte bevor er etwas umsetzte, deshalb war er geschäftlich auch so erfolgreich. Aber durch seine viele Arbeit blieb leider die Gründung einer Familie auf der Strecke. Denn so richtig Zeit für eine Frau oder gar einer Familie fand er bisher nie.

Das Steak schmeckte hervorragend und wurde perfekt medium gegrillt. Alle bedankten sich beim Chefkoch und lobten seine Kochkunst. Dann gab es noch einen kleinen Schluck Rotwein zum nachspülen und schon ging es wieder an die Arbeit. Denn hier war doch einiges zu tun, um den hohen Preis für die Luxusgäste zu gerechtfertigten.

Nach dem Mittagessen kam die hübsche sechsundzwanzig-jährige Blondine Nadine Müller, die in Bochum lebt, von einer Nachtsafari zurück und wollte noch etwas Besonderes essen. Sie sah den Chefkoch in der Lobby und rannte auf ihn zu, um zu fragen, was er besonders für sie schnell kochen könnte. Der Chefkoch teilte ihr mit, dass es noch ganz frisches Fleisch vom Gnu gibt und er dies für sie grillen könnte. Die schlanke, sportliche, vollbusige Singlefrau schwenkte ihr langes natur-blondes glattes Haar, als sie vor dem Koch zum stehen kam. Mit ihrem Engelsgesicht und den äußerst feinen Konturen, so wie den großen Augen und der filigranen Nase, lächelte sie den Chefkoch an und meinte: "Das wäre genau das Richtige für meinen großen Hunger. Denn ich musste heute Morgen schon um drei Uhr startklar am Safarijeep erscheinen, weil der Guide John Moore bereits vor der Lodge auf mich wartete." Weiterhin fragte sie den Chefkoch: "Ob es ein Plätzchen gibt, wo ich ganz alleine und ungestört essen könnte, weil ich doch recht verschwitzt von der Safaritour bin und mich so niemanden zeigen will." Freundlich blinzelte sie den Chefkoch dabei an und strahlte wie ein kleines braves Mädchen über das ganze Gesicht. Dem konnte der Chefkoch einfach nicht widerstehen und bot ihr den Platz an, den zuvor die vier Männer zu ihrem Mittagessen hatten.

Der Chefkoch führte sie unauffällig zu diesem einsamen und uneinsehbaren Platz, fragte anschließend nach den Drinks die sie haben möchte und wollte sich an die Arbeit machen, um das Gleiche, wie er zuvor gegessen hatte, nochmals schnell zu kredenzen. Dazu musste er nur das Gnufleisch grillen, denn der Rest war fertig. Nadine Müller bedankte sich für diesen tollen und schnellen Einsatz des Chefkochs, dabei fiel ihr die Sonnenbrille auf die Erde ins trockene Gras. Schnell bückte sie sich und der Chefkoch erhaschte einen aufreizenden Blick in ihr wunderschönes und üppiges Dekolletee. Weil sie keinen BH trug und die grüne Safaribluse nur sehr leger den erotischen Körper der jungen Frau umhüllte. So konnte er die gesamte Schönheit ihrer prallen und großen Brüste sehen. Dem Chefkoch fielen bei diesem erotisierenden Anblick fast die Augen aus. Glücklicherweise hatte er eine dunkle Hautfarbe, sonst hätte Nadine Müller gesehen wie es ihn die Schamröte ins Gesicht trieb. Als die junge Frau wieder vor dem Koch stand und er noch ganz regungslos schaute, war ihr schon klar, wo er seine Augen hatte. Etwas verlegen und leicht stotternd, verabschiedete sich der Chefkoch und ging zur Küche.

Auf dem Weg begegnete der Chefkoch seinem Freund dem Manager Thato Jacobs und der fragte ihn gleich scherzhaft: "Was ist los, du bist so erregt, hattest du ein Rendezvous mit einer hübschen Frau?" Der Chefkoch antwortete ihm lediglich: "Ich bereite gerade ein Essen für die hübsche Deutsche Nadine

Müller zu. Der Manager meinte scherzend: "Verbrenn dir bloß nicht die Finger" und ging eilig weiter.

Der Chefkoch servierte persönlich das leckere und frische Essen für Nadine Müller, was eigentlich sehr ungewöhnlich war. Aber er wollte beim Servieren nochmals einen Blick auf die hübsche junge Frau werfen. Beim Kredenzen des Menüs und der erfrischenden kühlen Limonade fiel dem Chefkoch versehentlich die Gabel herunter. Er entschuldigte sich sofort sehr höflich und wollte die Gabel vom Erdboden aufheben, aber Nadine Müller kam ihm zuvor und er erhaschte schon wieder diesen atemberaubenden Anblick ihres wunderschönen Dekolletees. Er wollte die Gabel mitnehmen und reinigen, aber die junge Frau meinte scherzend nur: "Das bisschen afrikanische Erde stört mich nicht und wird mich nicht gleich umbringen." Er entschuldigte sich nochmals und wünschte ihr einen guten Appetit. Lächelnd bedankte sich Nadine Müller und dachte sich im Stillen, dass hat der gute Mann mit Absicht gemacht, um nochmals in mein Dekolletee zu blicken. Aber sei es ihm gegönnt, wer wird denn schon so schnell vom Chefkoch, mit so einem leckeren Essen persönlich bedient.

Der massive und kräftige Chefkoch war heute ein wenig durcheinander und hatte ganz vergessen das halbe Rind von der "Nature Safari Lodge" abzuholen zu lassen. Denn mit der Besitzerin Hannelore Klein von der "Nature Safari Lodge" kaufte er oft zusammen ein, zumal die nur dreißig Autominuten entfernt liegt und der gemeinsame Einkauf viel Geld einspart. Sein Vergessen war dem Chefkoch peinlich, deshalb wollte er das halbe Rind selber schnell abholen. Weil die halbe Kuhhälfte recht schwer ist, nahm er seine Köchin mit, die ihm beim Beladen des Fleisches in das Küchenauto helfen soll. Der große Chefkoch mit seiner flachen breiten Nase und dem kurzen schwarzen krausen Haar ist noch Single und sollte dringend ein paar Kilo abnehmen, denn er hatte etwas zu viel auf den Rippen und sein Hausarzt warnte ihn schon vor den Folgen des Übergewichts. Das Gleiche hörte der introvertierte, freundliche und ruhige Chefkoch in letzter Zeit auch des

Öfteren von seiner Köchin, mit der er ein geheimes Verhältnis pflegt.

Die zwei fuhren los und unterwegs fing seine Köchin an ganz nervös zu werden, denn sie wollte die kurze Auszeit von der "Luxury Safari Lodge" für ein Techtelmechtel nutzen. Erst wollte der Chefkoch nicht so recht, aber als die Köchin anfing ihren Arbeitskittel langsam zu öffnen und ihre prallen großen Brüste, mit den dicken schwarzen Nippeln zum Vorschein kamen, wurde es ihm ganz heiß in der Lendengegend, zumal er die erhaschten Blicke von dem wunderschönen Dekolletee der Nadine Müller noch im Gedächtnis hatte. Er fuhr mitten auf der Stecke zur "Nature Safari Lodge" vom Safariweg hinunter und stellte das Küchenauto hinter ein paar Büschen und Bäumen ab, so dass vorbeifahrende ihn nicht sehen konnten. Er sprang eilig aus dem Auto, öffnete dabei seine Hose und lief zur Beifahrertür. Gleichzeitig stieg die Köchin vom Beifahrersitz aus dem Auto, ließ die Tür offen und stützte sich breitbeinig, auf der Erde stehend, mit den Händen auf dem Autositz ab. Da sie sowieso kein Schlüpfer trug, musste der Chefkoch nur noch den Arbeitskittel der Köchin zur Seite schieben, um sie von hinten zu nehmen. Es war eine Wonne für ihn, dieser Frau von hinten an ihre großen Brüste zu greifen und in sie einzudringen. Es dauerte nicht sonderlich lange bis der erregte Chefkoch kam und die Köchin unzufrieden war, denn sie hatte nicht viel davon. Deshalb bearbeitete sie sein bestes Stück und er wusste, dass es eine zweite Runde gibt. Diese dauerte recht lange und die Köchin kam dabei sogar zweimal zum Höhepunkt. Erschöpft und verschwitzt mussten sich die zwei erst einmal ausruhen, denn so konnten sie nicht auf der "Nature Safari Lodge" erscheinen. Nach über zehn Minuten waren beide wieder einigermaßen entspannt und hatten alles gerichtet. Dann fuhren sie im klimatisierten Küchenwagen zum Ziel.

Als Hannelore Klein das herannahende Küchenauto sah, begrüßte sie winkend die zwei Köche von der "Luxury Safari Lodge", denn sie kannten und mochten sich schon recht lange.

Die zweiundvierzigjährige blonde Hannelore Klein managte die "Nature Safari Lodge" zusammen mit ihrem vier Jahre älteren Mann Andreas. Gemeinsam haben sie zwei Kinder im Alter von zwanzig und zweiundzwanzig Jahren. Die jüngere Ulla und der ältere Manfred studieren beide, sie in Dodoma und er in Dar es Salaam in Tansania. Die Kinder kommen so oft wie möglich, um ihre Eltern auf der Lodge zu unterstützen. Hannelore Klein, die schlanke, freundliche und gelernte Krankenschwester ist stets eine korrekte Chefin. Sie arbeitet viel und gern in der Küche und erledigt die Büroarbeiten, wie z.B. die Abrechnung mit den Gästen, usw.. Ihr Gatte Andreas Klein ist einen Kopf größer als seine Frau und nicht ganz so sportlich wie sie. Er kümmert sich um das Management der Lodge, den Einkauf und um die Technik, was ihm als Ingenieur nicht schwer fällt. Optisch sind die zwei ganz unterschiedlich, denn sie ist mittelgroß filigran und trägt blondes mittellanges glattes Haar. Er hingegen ist deutlich größer, stämmiger und trägt kurzes lockiges braunes Haar zu seinem kräftigen, gepflegten und kurzen Vollbart. Sie benötigt noch keine Brille und er trägt schon eine dicke Brille mit einem schwarzen massiven Kunststoffrahmen. Er ist noch korrekter als seine Frau, dies hat er von seiner Arbeit als Ingenieur, bevor sie die "Nature Safari Lodge" vor rund zehn Jahren in Eigenarbeit errichteten. Beide Kinder haben den angenehmen, freundlichen und hilfsbereiten Charakter ihrer Eltern geerbt. Nicht nur dass, denn die Kinder sehen aus wie Kopien ihrer Eltern, nur etwas größer und deutlich schlanker.

Das Ehepaar Klein schuf hier mit den eigenen Händen, in der direkten Lage am Waldrand zum Grumeti River, ihre schöne und sehr natürliche "Nature Safari Lodge". Sie ist nicht so luxuriös wie die Lodge der "Luxury Safari Lodge". Aber das war den Besitzern nicht so wichtig, denn sie hatten das Motto, so natürlich wie möglich zu bauen und so gut wie möglich die natürlichen Ressourcen vor Ort zu nutzen, um einen möglichst grünen Fußabdruck zu hinterlassen. Um dies hervorzuheben wurde der Wortlaut "Natürlichkeit" auch im Namen ihrer Lodge integriert. Die fünfzehn frei stehenden Bungalows haben die gleichen Baumaterialien wie auf der "Luxury Safari Lodge", jedoch sind die Häuser deutlich kleiner und jeweils für zwei Familien geplant. Es gibt keinen Privatpool an den Bungalows und nur eine Terrasse je Bungalow. Die Häuser wurden in die natürliche Savannenlandschaft integriert und stehen auf einein-halb Meter hohen gemauerten Natursteinpfeilern. So dass eine gewisse Sicherheit für die Gäste gewährleistet ist, denn mit dem Terrassengeländer und der Bodenplatte ist ein Hindernis von über drei Meter zu überwinden, dies schaffen die meisten Tiere der Serengeti nicht. Die guten Inneneinrichtungen der Bungalows sind ebenso einfach wie praktisch, jedoch ohne Luxus. Natürlich gibt es Badezimmer mit Waschbecken, Dusche, Toilette, so wie ein Schlafzimmerbett mit Moskitonetz und einfache Möbel in den Häusern. Dennoch fühlen sich viele Gäste, vor allem die Kinder und jungen Erwachsenen hier sehr wohl. Zumal die Preise für die Unterkünfte recht moderat sind. Die Besitzer leben im Hauptaus, in dem auch die Rezeption und Verwaltung, so wie die Mitarbeiter untergebracht sind. Dann gibt es noch das offene runde Gebäude, dessen Strohdach durch natursteingemauerte Pfeiler getragen wird und die Gäste hier ihre Mahlzeiten einnehmen, oder sich an der integrierten Bar erfrischen, können. Auch hier wird ein überdachter Park-platz für die Gäste bereitgestellt, denn in der Sonne ist es zu heiß und die Lackschichten der Autos würden schnell unter den intensiven Sonnenstrahlen leiden. Zur Unterstützung arbeiten hier zehn festangestellte Mitarbeiterinnen und Mitarbeiter aus der Umgebung. Besonders stolz sind die Besitzer auf ihren Chefranger Simba Juma und dessen Ehefrau Malaika. Die Zwei machen nicht nur einen super Job, sondern haben auch eine kleine Familie, mit ihrer süßen achtjährigen Tochter Zola, hier gegründet. Mutter Juma ist vierzig Jahre alt und ihr Gatte fünf Jahre älter. Simba Juma hat eine erstaunliche Karriere hinter sich, denn er war bis zum zwanzigsten Lebensjahr, wegen der Hungersnot, ein Wilderer und arbeitete anschließend als Ranger. Danach folgte die Einstellung auf der "Nature Safari Lodge" als Chefranger. Der gemeinschaftlich genutzte, nierenförmige Pool, wurde blau gefliest und wird von den Gästen sehr gut angenommen. Er entspricht auch dem natürlichen Prinzip der Lodge, denn das Wasser wird aus dem Grumeti River entnommen, gefiltert und in den Pool gepumpt.

Das Küchenauto wurde vor dem Kühlraum der "Nature Safari Lodge" geparkt, so dass das halbe Rind auf kurzem Weg eingeladen werden konnte. Der Chefkoch und die Köchin von der "Luxury Safari Lodge" stiegen aus und wurden herzlich von Hannelore Klein begrüßt. Danach liefen sie gemeinsam in das Verwaltungsgebäude, um dort das Schriftliche abzuwickeln und ein kühles Erfrischungsgetränk zu sich zu nehmen. Nach kurzem Small Talk luden die zwei Köche das halbe Rind in ihren Küchenwagen, verabschiedeten sich und fuhren zur "Luxury Safari Lodge" zurück, diesmal ohne Zwischenstopp!

In der "Luxury Safari Lodge" angekommen, ging jeder nach dem Entladen des halben Rindes, seinen Tagesaufgaben nach.

Am späten Abend wurden verschiedene Gerichte vom frischen Rind und Gnu, von der Küche der "Luxury Safari Lodge", den ausgehungerten Gästen angeboten. Denn so eine Safari macht richtig hungrig, zumal die meisten Gäste als letzte Mahlzeit nur das Frühstück im Magen hatten. Im Restaurant war es relativ laut, weil die vielen Safaritouristen von ihren beeindruckenden Tageserlebnissen wild durcheinander berichteten. Hier zeigt sich die Begeisterung der Safariteilnehmer, vor allem wenn sie die "Big Five" in der Serengeti gesehen haben. Unter den "Big Five" versteht man in der deutschen Sprache die "Großen Fünf". Gemeint sind hier die wichtigsten Tiere der Großwildjäger in Afrika, die man u.a. im Nationalpark der Serengeti sehen kann. Natürlich gehört auch hier ein wenig Glück dazu und die gute Erfahrung der Ranger, wo sich wann die Tiere, zu welcher Jahreszeit, aufhalten. Zu den "Big Five" gehören der Steppenelefant, das Nashorn, der Kaffernbüffel, die Löwen und der Leopard. Bei den Nashörnern wird das Spitzmaulnashorn, die aggressivere und früher häufigere Art, zum größeren Breitmaulnashorn unterschieden. Die "Big Five" in Afrika wurden in den früheren Jagdzeiten nicht nach Körpergröße ausgewählt, sondern es ging vorwiegend um die Schwierigkeiten und den Gefahren bei der Jagd auf diese Tiere. Natürlich erzählt ein guter Ranger den Safarigästen auch, dass die Gruppe der "Big

Five" auf den fünf Banknoten des südafrikanischen Rand ab-
gebildet sind.

Dann wird es plötzlich mucksmäuschenstill im Restaurant,
denn vom Haus wird das fantastische Essen serviert und die
Gäste staunen nur so, was es dort alles zur Auswahl auf den
Platten der Kellner zu sehen gibt. Es ist alles perfekt arrangiert
und dekoriert, alleine beim Anblick läuft einem das Wasser im
Mund zusammen. Und das alles mitten im Nationalpark der
Serengeti, die zentral in Afrika, bzw. in Tansania liegt.

Nach dem Essen lief der Chefkoch der "Luxury Safari Lodge",
wie immer, durch sein Restaurant und fragte die Gäste nach der
Zufriedenheit der gereichten Speisen, bzw. ließ sich loben.
Auch an diesem Abend waren die Safaritouristen sehr zufrieden. Was den engagierten und hoch motivierten Chefkoch
immer sehr erfreut und er die lobenden Worte anschließend in
der Küche der Lodge gerne weiter verkündet. Jedoch konnte er
die hübsche Nadine Müller im Restaurant nicht sehen. Denn
nur zu gerne hätte er diese erotische Frau, frisch geduscht und
hergerichtet in einer schönen Abendgarderobe, betrachtet. Er
dachte sich, dass sie mit dem späten Mittagessen vermutlich
schon so satt war, dass sie keine Lust mehr hatte etwas zu
essen. Zumal sie heute mitten in der Nacht schon aufgestanden
ist, um mit dem Safari Guide John Moore eine Nachtsafari zu
unternehmen. Vermutlich liegt sie schon im Bett und holt den
fehlenden Schlaf nach. Oder hat sie sich in den total durchtrainierten, gutaussehenden, sportlichen, großen und kräftigen
Guide verguckt und die zwei haben nun Spaß miteinander.
Wundern würde ihn das nicht, denn der Guide mit seiner
blonden und sehr modernen Haarpracht, den stahlblauen Augen
und dem schön geschnittenen Gesicht hat schon oft die
schönsten Frauen, nach einer Safaritour, abgeschleppt. Er
kommt halt bei den Frauen mit seiner freundlichen, netten,
humorvollen und lieben Art sehr gut an. Zudem ist er erst
zweiunddreißig Jahre alt. Da hat der Chefkoch im Vergleich zu
ihm ganz schlechte Karten. Nur eines kann der Guide John
Moore aus Bristol in England nicht und das ist das Kochen. Da

liegt er ganz klar im Vorteil. Der Chefkoch wurde von einem Gast aus seinen Gedanken gerissen und musste mit ihm ein Glas Sekt anstoßen. Er bekam weitere lobende Worte zu hören. Danach bedankte er sich und lief wieder in die Küche, um die vielen Belobigungen an seine Mitarbeiter weiterzugeben und um sich in die Arbeit zu stürzen.

Am nächsten Morgen, pünktlich um zehn Uhr, fand der traditionelle Gottesdienst auf der "Luxury Safari Lodge" statt. Üblicherweise gehen alle Beschäftigten der Lodge, der Eigentümer und die Touristen zu dieser traditionellen geistlichen Veranstaltung des katholischen Pfarrers aus London.
Der zweiundfünfzigjährige Pfarrer Oliver Williams studierte Theologie in seiner Heimatstadt London und kam direkt zum Studienende nach Tansania in die Serengeti. Seit dem predigt er auf den Safari Lodges und den Camps. Eigentlich mögen die Menschen den dicken Einsiedler mit seinem kurzen roten Haar und dem Gesicht das dem Koch sehr ähnelt, nur eben in weiß. Was ab und an etwas nervt sind seine Ausschweifungen in seinen Predigten über die vielen Ungläubigen, die man eigentlich alle mit harter Hand bekehren müsste und wenn es gar nicht anders geht und die Menschen unbelehrbar bleiben, dann sollten sie wie Hexen behandelt werden. Nämlich auf dem Scheiterhaufen verbrannt und zum Teufel in die Hölle geschickt werden. Denn nur so bekommt man das Böse und die Ungläubigkeit aus den verdorbenen Körpern und Seelen sicher heraus. Mit zunehmendem Alter des Pfarrers werden seine Worte in dieser Richtung immer fanatischer und engstirniger. Weil er sonst sehr gute und zeitnahe Themen in seine scharfen und schwungvollen, aber oftmals auch leichte und liebe Worte einbringt, hören dem guten Redner die Menschen gerne zu. Deshalb ist bei seinen dynamischen und kraftvollen Predigten noch nie jemand eingeschlafen. Zudem führt er Taufen, Kommunionen, Hochzeiten, Beerdigungen, das Abendmahl und die Beichten durch, damit deckt er alleine das gesamte Spektrum der katholischen Kirche hier ab.

Dem Chefkoch fiel auf, dass alle Gäste der Lodge zum Gottesdienst anwesend waren, nur die hübsche Blondine Nadine Müller fehlte. Er dachte sich, entweder hat sie verschlafen, was bei jungen Frauen gerne vorkommt, oder sie hat noch Spaß mit dem Guide John Moore. Das machte den Chefkoch ein wenig neidisch, wo die junge Frau ihm doch so gut gefiel. Bei diesen Gedanken musste er wieder an den Vortag denken und den fantastischen Blick in ihr wunderschönes, fülliges, Dekolletee.

Der Chefkoch lädt den Pfarrer und seinen Gehilfen / Messner immer nach der Predigt zum Mittagessen ein. Die drei genießen sehr gerne das gute Essen und bevorzugen auch leidenschaftlich ganz große Portionen. Nur der sportliche Messner und Single achtet immer sehr auf seine schlanke Figur, zudem meidet er Fettreiche und gezuckerte Speisen. Er isst eher wie ein Spatz. Die zwei dicken Teilnehmer nehmen den fünfzigjährigen Messner Jimmy Black dann immer gerne auf den Arm und treiben ihre Scherze zu seinen Essgewohnheiten. Weil der grauhaarige Messner mit seinem grauen Vollbart ebenfalls aus London kommt, verstehen die zwei Männer den englischen Humor recht gut. Der Messner ist ein sehr strenger und überzeugter Katholik und schimpft gleichermaßen gerne über die vielen Ungläubigen. Sport ist seine große Leidenschaft.

Ganz heftig und schlimm wird es immer, wenn die zwei Kirchenmänner von der Hexerei, den Scheiterhaufen und der gewaltsamen Bekehrung sich noch am Mittagtisch unterhalten und massiv in das heikle Thema steigern. Dabei geht es am Ende immer darum, die Seelen der Menschen zu retten und sie vor dem Teufel zu befreien. Ganz besonders schlimm finden es die zwei Kirchenmänner immer, wenn sich fruchtbare und hübsche Frauen dem Glauben verschließen, weil sie die Früchte der Zukunft in ihren Leibern tragen und deshalb die Kinder verderben. Wo soll das nur hinführen, da gehört mit harter Hand und Gewalt der Glaube eingeprügelt, so wie es mal im Mittelalter war. Da hatten die Menschen noch Respekt, Ehrfurcht und Angst vor der Kirche. Bei dem heutigen Sodom und Gomorra wird es sehr bald ganz böse enden, wenn die

Ungläubigen nicht zur Vernunft und zum Glauben gezwungen werden. Mit zunehmendem Alkoholpegel wurden die Redner der Kirche immer aggressiver und penetranter. Die zwei aus London vertrugen viel und schütteten den guten Rotwein der Lodge gerne in großen Mengen in sich hinein. Zum Glück gibt es hier wenig Verkehr und keine Polizei die Kontrollen durchführt. Dachte sich der Chefkoch und verhielt sich immer ganz ruhig bei diesen heiklen Themen, bei denen er nie mit den Kirchenmännern zusammen diskutierte oder gar umher hetzte.

Nach dem Mittagessen und vor dem Abendessen hatten die Köche und Mitarbeiter immer frei, aber nur wenn alle Arbeiten in der Küche erledigt waren. Oft legte sich der Chefkoch in sein Zimmer und hielt ein kleines Nickerchen, um für den langen Abend gerüstet zu sein. Früher war das kein Thema, da arbeitete er durch, aber mit zunehmendem Alter gewöhnte er sich an den erholsamen Mittagsschlaf. So war es auch heute und er ging nach dem Mittagessen mit den Kirchenmännern in sein Zimmer. Der volle Magen mit dem schweren Essen und der starke Rotwein machten ihn müde und er freute sich auf sein gemütliches Bett. Er schloss sein Zimmer auf und ging hinein in Richtung Bett, da hörte er plötzlich in seinem Bad das Wasser plätschern. Er dachte schon er hat vergessen den Wasserhahn zu schließen und wollte dies gleich erledigen. Nachdem er die Tür des Badezimmers geöffnet hatte, erschrak er zu Tode, denn es stand die Köchin unter seiner Dusche und seifte sich gerade ein. Der Chefkoch dachte, da war ich zu leichtsinnig, ich hätte der Frau niemals den Zweitschlüssel meines Zimmers geben dürfen. Die dunkelhäutige Köchin seifte sich weiter ein und präsentierte dabei ihren ganz ansehnlichen Körper. Dann sagte sie: "Auf dich habe ich gewartet, kannst du mir bitte den Rücken einseifen, da komme ich nicht hin." Er tat dies natürlich, um die Frau nicht zu enttäuschen. Als er gerade beim Einseifen war, langte sie direkt in seinen Schritt und massierte sein bestes Stück. Langte danach in seinen Hosenladen und arbeitete dort an der nackten Haut weiter. Dann meinte sie: "Du kannst mir auch meine schönen großen Brüste einseifen, meinen knackigen Hintern und meine geile Muschi. Denn ich bin schon wieder ganz scharf, nach dem guten Sex gestern im Busch am Küchen-wagen." Eigentlich wollte er schlafen, nachdem er aber ihre vollen Brüste mit den eingeseiften Händen so bewegte und beobachtete, sowie anschließend die dicken schwarzen Nippel zwirbelte und ihr leichtes Stöhnen hörte, da konnte er nicht mehr anders. Er zog seine Hose runter und nahm sie von hinten in der Dusche. Ihre nassen und eingeseiften Körper klatschten aneinander und es gab kein Halten mehr, bis beide gleichzeitig zum Höhepunkt kamen.

Zur selben Zeit kam der fünfundvierzigjährige "Fliegende Händler" Lethabo Dlamini zur "Nature Safari Lodge", um dort seine Waren aus dem alten Fiat-Transporter zu verkaufen. Der geschäftstüchtige dunkelhäutige Mann kommt gebürtig aus einem kleinen Dorf im Nordosten von Südafrika. Jeder kennt ihn hier in der Serengeti, weil er mit seinem bunt bemalten und umgebauten Transporter optisch sehr auffällig ist und seit über zwanzig Jahren seine Runden dreht. Er verkauft so ziemlich alles was die Menschen vor Ort benötigen, sei es Geschirr, Messer, Küchengeräte, Töpfe, Pfannen, Gasflaschen, einfache Arbeitsgeräte für das Feld, Werkzeuge, Schrauben, Nägel, Seile, Seife, Duschgel, Zahnpasta, Zahn-bürsten, Rasierklingen, Shampoo, Pflaster, Hygieneartikel für die Frauen, Verbands-zeug, Tabletten, Kondome, Lebensmittel, Wäsche, Wasch-mittel und Bier. Er ist quasi das bunte rollende Kaufhaus und der Supermarkt in einem. Auf Bestellung beschafft er fast alles, was gerade noch in den Transporter passt. Mit seiner platten breiten Nase, dem kurzen schwarzen Kraushaar und dem strengen Blick schaut er etwas finster drein, aber der große dunkelhäutige Mann ist auf den zweiten Blick sehr freundlich, vor allem wenn er redet. Denn er hört sich selber gerne sprechen und ist geschickt darin. Über die vielen Jahre hat ihn jeder lieb gewonnen, weil er sehr zuverlässig ist und gerne hilft.

Er ist durch seine bunte Aufmachung schon von weitem gut zu sehen. Zur akustischen Erkennung installierte er in seinem Transporter eine ganz spezielle, laute und schrille Klingel. Wenn auch nur eins von beiden Signalen erkannt wird, dann laufen die Bewohner der Serengeti los, um etwas zu kaufen, oder oftmals auch nur zum Tratschen. Weil der Single jede Lodge, jedes Camp und die kleinen Dörfer der Massais regelmäßig anfährt, kennt er alle wichtigen Personen, die schönsten Frauen und den neusten Tratsch. Lethabo Dlamini ist ein echt guter Geschäftsmann, nur mit der Kirche übertreibt der strenge Katholik oftmals, denn er ist der gleichen radikalen Ansicht bezüglich der Ungläubigen wie der katholische Pfarrer Oliver Williams und sein Messner Jimmy Black. Dies kommt vermutlich daher, weil Lethabo Dlamini oft an den Messen des Pfarrers teilnimmt und hier schon ewig lebt. Auch bei Lethabo Dlamini steigt die radikale Einstellung zu den Ungläubigen stetig mit seinem Alter. Aus seiner Sicht sollte der katholische Glaube ebenfalls mit Gewalt und aller Härte verbreitet werden.

Als Hannelore Klein den "Fliegenden Händler" hört, eilt auch sie mit ihren leeren Gasflaschen sofort los. Denn sie hatte zum Tausch, natürlich gegen Bezahlung, die leeren Gasflaschen gegen neu gefüllte zu wechseln. Die jungen Frauen und Männer von der "Nature Safari Lodge" waren wiedermal schneller als die Chefin Hannelore Klein und so musste sie vor dem Händler warten, bis sie an der Reihe war. Weil sie ganz hinten stand, wollten ihre Beschäftigten sie nach vorne lassen. Wie immer lehnte sie es dankend ab. Nachdem sie an der Reihe war, wurde sie freundlich begrüßt und tauschte ihre leeren Gasflaschen gegen die vollen und bezahlte den vereinbarten Preis. Nach ein wenig Tratsch verabschiedete sich Lethabo Dlamini und fuhr weiter zur "Luxury Safari Lodge", um dort seinen Geschäften nachzugehen.

Das Abendessen wurde in der "Luxury Safari Lodge" serviert und der anwesende Manager Thato Jacobs scherzte mit seinem Chefkoch und fragte ihn neckisch: "Wo ist denn deine scharfe Maus, für die du gestern ganz exklusiv gekocht hast? Oder hast du ein separates Candle Light Dinner für dein Rendezvous mit der hübschen Frau organisiert?" Der Chefkoch konnte über die Scherze des Manager nicht lachen, zumal er Nadine Müller auch nicht beim Abendessen gesehen hatte. Die zwei tauschten sich aus und der Manager Thato Jacobs nahm die Sache in die Hand und wollte sich persönlich um diesen Gast kümmern.

Denn es ist schon sehr ungewöhnlich alle drei gebuchten Mahlzeiten an einem Tag ausfallen zu lassen. Womöglich ist sie krank in ihrem Zimmer, oder hat sich verletzt und liegt irgendwo in der Savanne.

Der Manager fragte an der Rezeption nach, ob Nadine Müller eine Safaritour gebucht hatte oder sich in ihrem Zimmer befindet und womöglich krank ist. Beides traf nicht zu, keiner vom Personal sah sie an diesem Tag. Er und ein paar Männer vom Hotel durchforsteten die gesamte Anlage, aber keiner fand eine Spur oder einen Hinweis über den Aufenthalt der hübschen Frau. Dies wurde dem Manager zu heiß und er lief zum Eigentümer der Lodge, um mit Ronald Miller den Fall zu besprechen und sich Gedanken zu machen, was zu tun ist.

Nach kurzer Informierung des Eigentümers, legte dieser das weitere Vorgehen fest: "Als Erstes werden alle Guides befragt, dann die Ranger und als Letztes nochmals die Bediensteten. Zudem wird das weitläufige Gelände um die Lodge ab-gesucht. Auf keinen Fall werden die Safarigäste befragt, denn ich will hier in meiner "Luxury Safari Lodge" keine Unruhe und schon gar keine vermissten Personen melden, denn das wäre absolut Image schädigend. Wenn wir bis morgen früh nichts von ihr finden oder in Erfahrung bringen, dann müssen wir die kleine Polizeistation der Serengeti anrufen und fragen was zu tun ist." So legte das Ronald Miller eindeutig fest. Der Manager startete unverzüglich alle offenen Aufgaben, um die Anweisungen des Eigentümers rasch umzusetzen.

Die Tourguides, die Ranger und das Personal waren schnell befragt, aber das absuchen des weitläufigen Geländes um die Lodge war nicht so einfach, zumal es dunkel war. Weil jeder kleine Suchtrupp immer mindestens zu zweit sein muss, denn ohne jeweils einen Teilnehmer mit einem Gewehr, geht keiner in den Busch, auch nicht um die weitläufige Lodge. Denn das Risiko von einem Beutegreifer attackiert zu werden, oder in eines der vielen Erdlöcher der Serengetibewohner zu treten und sich zu verletzten, ist viel zu groß.

Ronald Miller telefonierte spät mit dem Besitzer der "Nature Safari Lodge", um sicher zu sein, dass Nadine Müller sich nicht dort aufhält, um vielleicht die Lodge anzuschauen, oder gar eine Safari am Grumeti River durchführt. Die "Nature Safari Lodge" ist bekannt für ihre dichte Lage am Grumeti River und ihren fantastischen Safaritouren bei Tag und Nacht durch den Cheftranger Simba Juma. Den er schon lange abwerben wollte, aber Simba Juma möchte einfach nicht weg von der "Nature Safari Lodge" nicht weg, weil es ihm und seiner Familie dort so gut gefällt. Auch mit deutlich mehr Geld hatte Ronald Miller leider keinen Erfolg.

Der Chefkoch der "Luxury Safari Lodge" versuchte auch etwas zu recherchieren, weil er sich Sorgen machte, zumal ihm die vermisste junge Frau aus Bochum so gut gefiel. Dabei wurde er von seiner Geliebten, der dunkelhäutigen Köchin erwischt und es kam zu einer heftigen Diskussion. Besser gesagt die Köchin machte ihm eine hässliche Szene vor lauter Eifersucht. Denn ihr gefiel es überhaupt nicht, dass sich der Chefkoch in die hübsche Blondine Nadine Müller verguckt hat, zumal sie sich die Zukunft mit dem Chefkoch schon so wunderbar ausgemalt hatte. Denn beide träumten, nach einer Hochzeit von einem eigenen schicken Restaurant mitten in der Serengeti, wo sie die gut betuchten Safarigäste bekochen und beste ein-heimische Küche, so wie internationale Gerichte anbieten wollten. Sie sah ihren Traum schon platzen, da der Chefkoch sich Hals über Kopf in dieses "blonde Luder aus Bochum" verliebte. Denn bei der Köchin tickte schon lange die biologische Uhr und sie musste sich beeilen, wenn sie in ihrem Leben noch einmal eigenen Nachwuchs bekommen möchte. Der Chefkoch war komplett anderer Meinung als seine Köchin und sie gingen in dieser Nacht ganz zerstritten auseinander. Beide konnten kaum schlafen, so beschäftigte sie diese Situation. Der Chefkoch, weil er so verliebt in Nadine Müller war, sich große Sorgen ihretwegen machte und nicht mehr wusste in welche Richtung sein weiteres Leben verlaufen sollte. Die Köchin sah ihre Zukunft so sehr in Gefahr und wusste nicht ob der Chefkoch sich weiterhin für sie interessiert, dass sie sich wünschte, dass diese blonde Nadine Müller am besten verschwindet und nie mehr wieder zum Vorschein kommt. Ihre ganzen Bemühungen um den Chefkoch wären alle umsonst gewesen, zumal sie ihn doch immer so gerne verführte. Es ist vielleicht ihre letzte große Chance in ihrem Leben, nochmals richtig glücklich zu sein und eine kleine Familie zu gründen. Das will sie nicht aufs Spiel setzten, dafür ist sie bereit alles zu tun. In den paar Minuten, in denen ihre Augen in dieser Nacht zufielen und sie kurze Erholungsphasen hatte, erschienen ihr furchtbare Bilder vor Augen und deshalb wurde sie immer wieder wach. Ihr Unterbewusstsein erinnerte sich ganz genau an diese Träume, die vielleicht ihre Lösung sein könnten.

Weit nach Mitternacht waren alle Suchaktionen und Telefonate abgeschlossen, leider ohne einen einzigen Hinweis von der hübschen Blondine Nadine Müller.

Den Angestellten der "Luxury Safari Lodge" den Safariguides und Rangern, so wie dem Eigentümer und seinen Managern fiel das Aufstehen und der Start zur Arbeit besonders schwer, denn kaum einer war an diesem schönen Morgen ausgeschlafen. Auf der "Luxury Safari Lodge" musste alles seinen gewohnten Gang weiter gehen, auch wenn es den Mitarbeitern sehr schwer fiel freundlich und motiviert zu sein. Alle hatten vom Eigentümer Ronald Miller, bezüglich der Vermissten, den Maulkorb auf bekommen. Denn wenn hier etwas durchsickern würde, dann reisen womöglich viele Safarigäste kurzfristig ab und in den Sozialen Medien wäre eventuell der gute Ruf der Lodge ruiniert und die Gäste blieben langfristig aus. Das kostet natürlich Arbeitsplätze und weil es hier sowieso so wenig davon gibt, hält sich jeder eisern an das auferlegte Schweigen.

Auf der Polizeistation, an der Hauptstraße B144 am Rande der östlichen Serengeti, ist wie an den meisten Tagen fast nichts los und der sechsundfünfzigjährige Polizeichef Herr Saidi, der ein gerechter, sozialer und guter Chef ist, denkt in seinem kleinen Büro deshalb oft an seine zwei Kinder und seine liebe Frau. Ab und an stört die gutaussehende Kommissarin Frau Amani, die mit ihren siebenundzwanzig Jahren, die Beste in ihrem Jahrgang auf der Polizeischule war. Der stark übergewichtige Chef, Herr Saidi trägt einen gepflegten grauen kurzgeschnittenen Vollbart und mit seinem kurzen grauen Haar, so wie der hohen freien Stirn ist er genau das Gegenteil zur jungen Frau Amani. Sie trägt volles, langes, schwarzes, glattes Haar und ist Single. Der Chef mit über hundertzwanzig Kilogramm ist natürlich unsportlich, die Kommissarin dagegen schlank und sportlich, so wie man sich eine durchtrainierte Polizistin, die auch aktiv auf der Straße handeln muss, vorstellt. Frau Amani ist verantwortungsvoll, ambitioniert und clever, eigentlich genau das Gegenteil zu ihren zwei Polizeikollegen, die üblicherweise die Streifenarbeit übernehmen. Denn die zwei ledigen siebenundzwanzig- und neunundzwanzigjährigen Herren Jabari und Zahir sind zwar gute Polizisten, aber doch einfach strukturiert und manchmal kleine Angeber und Draufgänger. Die dunkelhäutigen Streifenpolizisten sind schlank, sportlich und durchtrainiert, sie legen Wert auf ihr Äußeres. Mit ihren militärischen Kurzhaarschnitten und den Sonnenbrillen könnten sie glatt in jedem Polizeifilm mitspielen. Die Bevölkerung macht sich manchmal ein wenig Lustig, wenn die zwei in ihrem alten Streifenwagen so aufgedonnert durch die Serengeti fahren. Das kleine Team der Polizeistation passt und harmoniert meistens recht gut miteinander, wenn da nicht immer die forsche Kommissarin Amani so übereifrig wäre.

Weil die zwei Streifenpolizisten auf Streife sind, übernimmt die junge Kommissarin die Arbeit an der Rezeption der Polizei. Das ist eigentlich nicht ihr Job, aber die Frau Amani ist ja multifunktional einsetzbar und übernimmt gerne alle Aufgaben, denn Langeweile mag sie nicht. Das passt deshalb sehr gut auf einer so kleinen Polizeistation und ihr Chef ist dafür dankbar.

Am frühen Morgen klingelt plötzlich auf der kleinen weißen Polizeistation, mit dem hellgrauen Blechsatteldach und den vergitterten Fenstern und Türen, das Telefon. Die Kommissarin Frau Amani meldet sich schnell und ordentlich, so wie sie es auf der Polizeischule gelernt hatte. Der Besitzer der "Luxury Safari Lodge", Herr Miller, war am anderen Ende der Leitung und erklärte ihr, dass ein Gast auf seiner Lodge seit über zwei

Tagen, namens Nadine Müller, vermisst wird und interne Suchaktionen zu keinem Erfolg geführt haben. Er stellte die Frage: "Was ist nun zu tun?" Die Kommissarin wollte die Telefonnummer und die Adresse der vermissten Person, so wie einen Ansprechpartner in Bochum, am besten Ihre Eltern. Weiter forderte sie noch ein Farbfoto ein, das bei einer eventuellen Suchaktion helfen würde. Nur Familienangehörige dürfen eine Vermisstenanzeige aufgeben, idealerweise wäre der Ehepartner, da sie aber Single ist, wären ihre Eltern die beste Wahl. Ronald Miller gab alle Daten, die er hatte, telefonisch und die Kopie des Reisepasses per E-Mail der Kommissarin durch. Sie beruhigte den Besitzer der Lodge und teilte ihm höflich mit: "Dass ich nach der Ausstellung der Vermisstenanzeige die Arbeit, bezüglich Nadine Müller, aufnehmen werde." Roland Miller bat noch um äußerste Diskretion, denn wenn hier etwas durchsickern würde, dann reisen viele Safarigäste kurzfristig ab und in den Sozialen Medien wäre eventuell der gute Ruf der Lodge ruiniert und die Gäste würden langfristig ausbleiben. Die Folge daraus wären Arbeitsplatzverluste und dies nicht nur für seine Lodge. Die Auswirkungen für diese Region brauche ich ihnen ja nicht weiter ausmahlen. Die Kommissarin beruhigte ihn abermals und meinte: "Diskretion werden wir so gut wie möglich einhalten." Danach war das Telefonat beendet.

Die Kommissarin Amani eilte zum Polizeichef Herr Saidi und unterrichtete ihn vom Telefonat. Dann schlug sie einen kleinen Arbeitsplan vor: "Ich versuche erst die Angehörigen zu erreichen und erstelle eine Vermisstenanzeige, danach beginne ich mit der Polizeiarbeit vor Ort. Anschließend suche ich die umliegenden Logdes und Camps auf, spreche mit den Eigentümern und natürlich mit den Personen, die sie als Letztes kontaktierten oder mit ihr zusammen waren. Ein besonderes Augenmerk werde ich auf die "Luxury Safari Lodge" werfen, weil die vermisste Nadine Müller dort wohnte und der Besitzer anrief, zudem erfolglos nach ihr suchte." Ihr Polizeichef war mit dem Arbeitsplan einverstanden, bemerkte aber: "Bitte als Erstes mit den Personen reden, die sie zuletzt gesehen haben und in der "Luxury Safari Lodge" intensiv recherchieren. Wenn die vermisste Frau wirklich so jung und hübsch ist, wie der

Eigentümer der Lodge mitteilte, dann sollten nicht gleich Überstunden gemacht werden, weil diese Frau Müller vielleicht nur ein Rendezvous mit einem Liebhaber hat und dies ein wenig länger anhält oder sie gar eine Städtebesichtigung kurzfristig unternommen hat. Deshalb überprüfen ich alle Flughäfen in Tansania, ob diese Nadine Müller eventuell mit dem Flugzeug verreist ist, z.B. nach Dar es Salaam oder Kapstadt."

Gleich der erste Anruf zu den Eltern von Nadine Müller in Bochum war erfolgreich. Ihre Mutter nahm das Gespräch entgegen und verstand die Welt nicht mehr, übergab letztendlich den Hörer ihrem Gatten, der ganz konzentriert erst mal zuhörte und anschließend seine vielen Fragen stellte. Zu diesem Zeitpunkt fing sich ihre Mutter wieder ein wenig und quatschte andauernd in das Gespräch hinein, was die Kommissarin furchtbar ärgerte, sie blieb aber trotzdem ruhig und sachlich. Zum Schluss erstellte die Kommissarin die Vermisstenanzeige und ließ diese per E-Mail von den Eltern unterschreiben. Das Telefonat kostete die Kommissarin viel Kraft und Energie, weil die Eltern kaum Englisch sprachen konnten und sie sich ganz nervös und ängstlich verhielten. Was auch in dieser Situation verständlich war.

Nach dem ersten Schritt folgt der zweite und die Kommissarin fuhr mit ihrem Dienstwagen zur "Luxury Safari Lodge", um wie mit ihrem Chef vereinbart, mit den Personen zu reden, die Frau Nadine Müller als Letztes sahen.

Nachdem sie ihren Dienstwagen auf dem beschatteten Parkplatz vor der "Luxury Safari Lodge" abstellte, lief sie direkt in das Büro des Eigentümers Ronald Miller. Der bat sie nochmals um äußerte Diskretion, so das ja keinem Gast etwas auffällt, aus schon genannten Gründen. Deshalb schlug er vor, dass die Kommissarin ihre Verhöre im freien Besprechungszimmer durchführt und er persönlich die Mitarbeiter zur Befragung herbei holt. Dann sieht niemand die Polizei und keiner schöpft irgendeinen Verdacht. Die Polizistin war einverstanden, zumal das auch ihre Arbeit erleichtert.

Als Erstes wurde der englische Safariguide John Moore in das Besprechungszimmer gebeten und von der Kommissarin befragt. Der gutaussehende und smarte Mann erzählte von der Nachtsafari in allen Einzelheiten und wann er Nadine Müller abgesetzt hatte und zuletzt sah. Die Kommissarin war nicht nur von der Präzession seiner Aussage beeindruckt, sondern dachte sich, der hat es mit Sicherheit nicht nötig eine Frau zu entführen oder gar gewaltsam zu nehmen. So wie der aussieht rennen ihm bestimmt alle Frauen auf den Safaris hinterher. Freundlich und ganz Gentleman verabschiedete sich der Guide und zwinkerte ihr ganz verführerisch mit einem Auge zu. So dass er ihr Hoffnung gab, auch bei ihm landen zu können. Die Kommissarin war ganz entzückt und verstand den Wink und verhielt sich danach wie ein kleines schüchternes Mädchen, das dass erste Mal verliebt war. Schließlich ging der Guide aus dem Meetingraum.

Die Kommissarin notierte sich alles stichwortartig, was ihr erzählt wurde und bat den nächsten Zeugen in den Meetingraum. Herrn Ronald Miller war die Reihenfolge bekannt und so konnte er vorarbeiten und den Chefkoch ins Besprechungszimmer schicken. Der Chefkoch war etwas überrascht als er das Zimmer betrat, denn mit so einer dunkelhäutigen, jungen und hübschen Kommissarin hatte er nicht gerechnet. Er erzählte dann der Kommissarin: "Dass er Nadine Müller das letzte Mal am Vorabend ihres Verschwindens gesehen hatte und sonst nichts darüber weiß." Alle Aussagen wurden von der Kommissarin notiert und schon der nächste ins Besprechungszimmer gerufen.

Der Manager Thato Jacobs war als Nächster an der Reihe und erzählte der Kommissarin, das er Nadine Müller das letzte Mal mit dem Chefkoch, nach der Nachtsafari, in der "Luxury Safari Lodge" gesehen hatte. Er erinnerte sich so gut daran, weil der Chefkoch am späten Mittag der jungen und hübschen Frau Müller separat und ganz exklusiv ein tolles Essen in einer uneinsehbaren Fläche der Savanne hinter dem Hotel serviert hatte. Er konnte sich ein paar ironische und leicht sexistische

Bemerkungen nicht verkneifen und ärgerte den Chefkoch ein wenig damit. So ganz unter Männern. Schließlich saß die junge Frau ganz alleine dort zum Essen und normalerweise macht der Chefkoch um diese Zeit schon sein Mittagsnickerchen in seinem Zimmer. Die Kommissarin bedankte sich freundlich und notierte wieder alles fleißig.

Im Anschluss nach diesem Gespräch schaute die Kommissarin in ihrem Polizeinotebook nach und stellte fest, dass der Chefkoch schon einmal wegen sexueller Belästigung einer hübschen, jungen, schlanken und vollbusigen Frau vor dem Gesetz auffällig war. Die junge Frau sieht der Nadine Müller sehr ähnlich und passt wohl in sein Beute-schema. Danach wollte die Kommissarin unbedingt nochmals den Chefkoch sprechen, der von Ronald Miller eiligst und ganz unauffällig herein gebeten wurde. Sie fragte den Chefkoch ganz direkt: "Warum haben sie mich angelogen?" Er stellte sich etwas dumm und wusste nicht um was es geht. Dann wurde sie lauter und erzählte alles was der Manager ihr zuvor mitgeteilt hatte und gab noch obendrauf, dass diese junge hübsche vermisste Frau doch direkt in sein Beuteschema passt. Die Kommissarin wurde noch lauter und sagte sehr deutlich: "Sie sollten mich besser nicht mehr anlügen und lieber mitteilen, was sie mit ihr angestellt haben und wo sie sich nun aufhält. Wir finden die Frau sowieso und dann fällt die Strafe nur noch heftiger für sie aus." Der Chefkoch war ganz verdutzt und verunsichert, denn nun holte ihn eine kleine Auffälligkeit vor dem Gesetz wieder ein. Weil die Frau damals auch so hübsch war wie Nadine Müller passte das alles für die Polizistin und er ist schon der Täter und weiß noch nicht mal für was. Schließlich packte er aus und erzählte der Kom-missarin alles ganz genau. Den Grund für seine Lüge begründete er wegen seiner heimlichen Geliebten, der Köchin, die so schrecklich eifersüchtig ist. Die Kommissarin fragte nochmals sehr scharf den Chefkoch: "Wo ist Nadine Müller und was haben sie mit ihr gemacht." Der Chefkoch gestand, dass er sich in Nadine Müller verguckt hatte, aber nichts mit ihr anstellte und nicht wisse wo sie sich aufhält. Das Verhör wurde noch schärfer, aber das Ergebnis blieb das Gleiche. Nur das dem Chefkoch schon der Schweiß von der

Stirn lief und er anfing ein wenig gebrochen zu reden und zu jammern: "Ich habe nichts Unrechtes getan, dass müssen sie mir glauben." Die Kommissarin fragte den Chefkoch: "Wo waren sie danach?" Er sagte ihr: "Ich fuhr mit der Köchin zur "Nature Safari Lodge", um dort eine Rinderhälfte mit dem Küchenwagen abzuholen." Anschließend entließ sie den total erschöpften Chefkoch und verlangte die Köchin zu sprechen.

Die Köchin war erstaunt, warum sie zur Polizei musste, denn sie kannte Nadine Müller nur vom sehen, weil so eine schöne Erscheinung einfach auffällt. Die Kommissarin fragte ihre üblichen Fragen an diesem Tag und irgendwann kam heraus, dass der Chefkoch ein Auge auf Nadine Müller geworfen hatte. Dabei explodierte die Köchin und erzählte voller Zorn, was sie davon wusste und das er ihre gemeinsame Zukunft mit der Hochzeit, dem Restaurant, der Familiengründung mit Kindern, usw. aufs Spiel setzt. Das dies ihre letzte Chance ist noch eine Familie zu gründen und ein glückliches Leben mit einem Mann zu führen. Dafür macht sie alles und lässt sich ihre Zukunft nicht zerstören, auch nicht von diesem deutschen Miststück Nadine Müller. Sie fluchte voller Zorn noch weiter und war den Tränen nahe. Die anschließende Fahrt zur "Nature Safari Lodge" wurde ebenfalls von der Köchin bestätigt. Noch voller Zorn und Eifersucht wurde sie von der Kommissarin entlassen.

Danach wurde noch ein Mitarbeiter an der Rezeption und weiteres Personal der Lodge verhört, die eventuell etwas wissen könnten, aber sie kam nicht weiter an dieser Stelle.

Im Stillen dachte sich die Kommissarin, der Chefkoch war der letzte, der Nadine Müller gesehen hatte. Zudem war er schon auffällig und stand auf den Typ Frau. Dann ist da noch die zornige und eifersüchtige Köchin, der auch so einiges zuzutrauen wäre. Beide hätten ein gutes Motiv Nadine Müller etwas anzutun oder sie zu entführen.

Anschließend telefonierte die junge Kommissarin mit ihrem Polizeichef Herrn Saidi, um ihm den Stand ihrer Recherche mitzuteilen und sich mit ihm abzustimmen. Der Polizeichef hatte parallel schon alle Flughäfen von Tansania kontaktiert, aber keiner konnte eine Flugbuchung von Nadine Müller feststellen. Dann führte der nächste Weg für die Kommissarin zur "Nature Safari Lodge", dem "Old Safari Camp" und dem "Lion Safari Camp", bevor sie die Rückfahrt auf das Polizei-revier antritt.

Vor der Verabschiedung der Kommissarin, brachte ihr der Besitzer der "Luxury Safari Lodge" noch ganz persönlich einen leckeren alkoholfreien Cocktail, den sie sehr gerne annahm. Zumal es inzwischen warm wurde und anstrengender als sie dachte. Er bedankte sich für die Diskretion und bat nochmals darum, wenn es weitere Befragungen gibt dies in der gleichen Weise zu erledigen. Sehr gerne würde er unterstützen, denn ihm liegt persönlich viel daran und vor allem für das Geschäft ist es wichtig, dass diese junge Frau Nadine Müller so schnell wie möglich wieder auftaucht. Die Kommissarin sagte noch zum Besitzer der Lodge: "Wenn es irgendwas Neues zu diesem Fall gibt, auch nur der kleinste Hinweis, dann rufen sie mich bitte sofort an."

Danach fuhr sie zur "Nature Safari Lodge" und stoppte so ganz nebenbei die Fahrzeit und Entfernung zum nächsten Ziel. Die Besitzerin Hannelore Klein begrüßte die Kommissarin vor dem Verwaltungsgebäude und bot der Polizistin im Haus eine frische kühle und selbstgemachte Zitronenlimonade an. Stellte zudem eine Kleinigkeit zum Essen auf den Tisch und unterhielt sich mit ihr. Sie war froh und dankbar über die Gast-freundschaft der Lodgebesitzerin und kippte förmlich die Limonade in sich hinein. Denn es war wieder so ein heißer Tag in der Serengeti. Anschließend genoss sie das leckere Essen, das vor ihr auf dem Tisch stand.

Die Vernehmung auf der "Nature Safari Lodge" mit dem Ehe-paar Klein und dem Chefranger Simba, so wie seiner Ehefrau brachte leider keine neuen Erkenntnisse. Sie bedankte sich für alles und machte sich auf den Weg zum nächsten Ziel. Die

Kommissarin sagte noch zu allen Anwesenden auf der Lodge: "Wenn es irgendwas Neues zu diesem Fall gibt, auch nur der kleinste Hinweis, dann rufen sie mich bitte sofort an. Ich lasse ihnen für diesen Fall meine Visitenkarte hier." Frau Klein gab der Kommissarin noch eine Flasche Wasser mit, denn der Weg zum "Old Safari Camp" beträgt über eine Stunde und da ist es wichtig in der Serengeti Wasser dabei zu haben. Sie bedankte sich nochmals und fuhr schließlich los.

Auf der Fahrt zum "Old Safari Camp" dachte sie noch über die extrem freundliche Familie Klein und den Chefranger nach, dass es solche freundlichen Menschen noch gibt, die so großzügig und liebevoll miteinander und den Besuchern umgehen. Selbst der Polizei etwas zum Trinken und Essen ungefragt hinstellen, wie wenn es die normalste Sache der Welt ist. Da fühlen sich sicherlich auch die Safarigäste wohl und behalten unser schönes Land in sehr guter Erinnerung. Eine bessere Werbung für die Serengeti, als mit dieser Familie aus Stuttgart, kann es nicht geben. Danach rief sie ihren Polizeichef Herrn Saidi an und berichtete über ihr Meeting auf der "Nature Safari Lodge". Die Kommissarin und ihr Chef waren sich einig, dass der bisherige Favorit der Chefkoch und / oder die Köchin von der "Luxury Safari Lodge" war. Aber ihr Chef mahnte sie nochmals, es wurde die vermisste Nadine Müller nicht gefunden und deshalb sind dies alles nur Vermutungen, sonst nichts. Sie solle weiter recherchieren und sich beeilen, denn er möchte nicht, dass sie in der Nacht durch die Serengeti fährt, denn ihr Polizeiwagen ist für solche Touren nicht ausgerüstet, eigentlich nicht mal für die unbefestigten Safariwege. Damit war das Gespräch beendet.

Nachdem die hübsche Kommissarin Frau Amani den Fluss Grumeti River hinter sich brachte, denn die Überquerung ist nicht ganz einfach, trank sie ein Schluck Wasser und träumte so vor sich hin, zumal der unbefestigte Safariweg etwas eintönig war. Aber die Landschaft der Serengeti und die vielen Tiere begeisterte sie immer wieder aufs Neue. Sie war so froh und stolz über ihren tollen Job, der zudem noch in einer so schönen Umgebung liegt. Im Serengeti Nationalpark, dort wo andere Urlaub machen und viel Geld dafür bezahlen, darf sie arbeiten. Dabei schaute sie etwas verträumt von der Schönheit der Landschaft aus dem Fenster des Autos und genoss die Fahrt.

Ihre Serengeti ist eine Savanne, die sich vom Norden Tansanias, östlich des Victoriasees, bis in den Süden Kenias über dreißigtausend Quadratkilometer Fläche erstreckt. In der Sprache der Massai, die einheimischen Bewohner der Serengeti, bedeutet das Wort Serengeti "das endlose Land" oder "die endlose Ebene". Den großen ausgedehnten flachen Grassteppen im Süden, stehen leicht hügelige und geringfügig bewaldete Ebenen im Norden gegenüber. Die Savanne im Zentrum ist nahezu baumlos, nur an den Flüssen Grumeti River und Orangi River sind kleinere Wäldchen oder größere Baumbestände zu finden. Im Südosten erhebt sich das vom Vulkanismus geprägte Ngorongoro-Schutzgebiet, das schon seit neunzehnhundertneunundsiebzig im Weltnaturerbe eingetragen ist. Die, bis zu tausendachthundertfünfzig Meter hohen Berge, um den natürlichen Krater des Ngorongoro, laden die Bewohner der Steppe zu besten Lebensbedingungen im Inneren ein. Denn auf der planen Innenseite des Kraters gibt es das ganze Jahr über Wasser und genug Gras zu fressen, so werden die Grasfresser hier besonders groß und schwer. Davon profitieren auch die Beutegreifer und erreichen ebenso Rekordgrößen. Alle Tiere der Serengeti können die Kraterwände des Ngorongoro überwinden, nur Giraffen schaffen dies nicht und ihnen bleibt deshalb dieses Paradies versperrt. Sie sind gezwungen außerhalb des Kraters zu leben. Der Nationalpark Serengeti selbst ist mit seinen knapp fünfzehntausend Quadratkilometern Fläche einer der größten und bekanntesten Nationalparks der Welt. Seit neunzehnhunderteinundachtzig ist er Teil des Weltnaturerbes der UNESCO und es gehört noch das über dreiundzwanzigtausend Quadratkilometern große Biosphärenreservat dazu. Südwestlich des Nationalparks befindet sich das auf über tausend Meter hoch liegende große Mazwa-Wildschutzgebiet, so wie nördlich des Korridors das Grumeti-Schutzgebiet. Zudem grenzt das ebenfalls sehr große Ikorongo-Schutzgebiet an die Serengeti. Zwischen dem Ngorongoro-Schutzgebiet und der Staatsgrenze von Tansania zu Kenia liegt das Loliondo-

Schutzgebiet, dessen nördliches Ende sich am Serengeti-Öko-systems befindet und im Massai-Mara-Reservat liegt.

Die Kommissarin sieht die großen Herden, die zu tausenden Tieren über die Savanne der Serengeti laufen und grasen. Die meisten Tiere sind Gnus, Zebras und Büffel, aber auch Antilopen, Giraffen, Elefanten, Nashörner und weitere Gras-fresser sind in kleineren Gruppen zu finden. Um diese Tages-zeit laufen die meisten Huftiere in Richtung der Flüsse, um ihren Durst zu stillen. Dort werden sie gerne auf dem Weg, oder von den lauernden Beutegreifern am Wasser, wie Löwen, Leoparden, Hyänen oder Wildhunden aufgelauert und gejagt. Nur die schnellen Geparde sprinten ihrer Beute in der Savanne nach, denn sie brauchen die offene und flache Land-schaft, um die kleinen Thomsongazellen, ihre Hauptbeute, zu greifen. Das alles sieht die Kommissarin und kann sich daran nicht genug satt sehen. Zumal das warme und helle Licht in der Savanne der Serengeti ihre Bewohner besonders gut darstellt.

Plötzlich gab es einen Schlag und ihr Auto fängt an zu schlingern, sie kann es kaum halten und tritt sofort auf die Bremse. Nachdem sie zum Stillstand kam, musste sie sich erst mal vom Schock erholen, um anschließend um das Auto zu laufen und zu prüfen was geschehen ist. Gleich entdeckte sie vorne rechts den platten Reifen. Sie dachte sich, selbst ist die Frau und wechselt den Reifen mit dem Ersatzrad aus. Gerade als sie fertig wurde und sich wieder aufrichten wollte, hört sie eine Raubkatze schnurren. Sie dreht sich langsam um und zehn Meter weiter schauen sie zwei Löwen ganz neugierig an. Ganz ruhig und leise griff sie ihr Werkzeug und öffnet die Autotür auf der Beifahrerseite, um dort schnell einzusteigen. Ihr Herz pochte ganz laut und sie spürte es heftig schlagen. Mit einem Satz war sie im Auto und schloss schnell die Tür. Die gut genährten Löwen standen immer noch an der gleichen Stelle und schauten gelangweilt zu. Für die Tiere war es vielleicht nur ein wenig Abwechslung, wie wenn wir Menschen ins Kino gehen, aber die Kommissarin war sehr froh und beruhigt wieder im sicheren Fahrzeug zu sitzen. Sie kletterte im Auto auf den Fahrersitz, startete das Auto und fuhr los. Nahm erst mal einen kräftigen Schluck Wasser aus ihrer Wasserflasche und freute sich über die kühlende Klimaanlage. Denn das Auto hatte sich im Fahrgastraum, in der kurzen Zeit der Reparatur, stark erhitzt.

Nachdem sie den Dienstwagen auf dem Parkplatz des "Old Safari Camps" abgestellt hatte, lief sie zum kleinen Verwaltungshaus der Besitzerin Emely Jones. Die zweiundsiebzigjährige Witwe aus England, genauer gesagt von London, hatte dieses Camp vor dreißig Jahren mit ihrem Gatten, dem Bankangestellten, selbst aufgebaut. Sie ist eine kleine zierliche und filigrane Frau, die ein typisches englisches Gesicht hat und ihre grauen lockigen Haare sind noch recht füllig. Emely Jones betreibt das Camp zusammen mit ihrem fünfzigjährigen Chefmanager, der von Anfang an dabei war und nun, nach dem zehnten Todestag ihres Gatten, immer mehr Arbeit übernehmen muss. Der Chefmanager ist ein echter Massai, ebenso wie seine zwei Jahre jüngere Frau, mit der er sechs erwachsene Kinder hat. Beide werden unterstützt von sechs Männern und Frauen, die ebenfalls alle Massai sind, um das Camp auf Vordermann zu halten und die Gäste zu betreuen. Es gibt nur ein einziges kleines Haus für die Verwaltung, das auch für die Unterbringung der Besitzerin und wenige Mitarbeiter verwendet wird. Im "Old Safari Camp" spielt sich das meiste im Freien ab und die Safarigäste können in einem der zwanzig traditionellen großen Safarizelte ihre Unterkunft finden. Die Großzelte sind mit einfachen Möbeln und Sanitäranlagen ausgestattet. Sie stehen auf der Graslandschaft der Savanne unter den schattenspendenden Fächerakazien des Camps. Für die Gäste, die ein eigenes Zelt mitbringen, steht ein einfaches Dusch- und Toilettenhaus am Rand der Anlage zur Verfügung. Die Mahlzeiten werden im Verwaltungshaus gekocht und im Freien den Gästen serviert. Sehr oft und gerne wird auf diesem Camp auch gegrillt, meistens Tiere aus der Serengeti, die ihre Massais finden, oder sie kaufen Kühe, Ziegen und Rinder vom naheliegenden Massaidorf. Die Besitzerin liebt, genauso wie ihr Gatte es tat, die natürliche Umgebung der Serengeti und die Massais, deshalb wird so viel wie möglich im Camp der Natur überlassen und es arbeiten hier ausschließlich Massais vom Nachbardorf. Safarigäste die hier herkommen lieben die natürliche Um-gebung, das einfache Leben mit den Einheimischen, die ein-fache Küche der Massais, die Lagerfeuerromantik und erfreuen sich an dem schönen Ausblick von dem Plateau des Camps über die weite Savanne Richtung Süden zum Grumeti River. Der Geldbeutel der Safarigäste wird auch nur gering belastet. Die alte Besitzerin spricht perfekt die Sprache der Massai und erfreut sich, trotz ihres hohen Alters und des bescheidenen Lebens, bester Gesundheit. Viele Safarigäste haben die ersten Tage und vor allem die erste Nacht in den Zelten immer Angst, wegen den wilden Beutegreifern. Denn es ist das Kichern der Hyänen jede Nacht zu hören, ebenso das Brüllen der Löwen und weiterer Geräusche der Wildtiere aus der Savanne. Die Hyänen holen sich jede Nacht die Essensreste und Knochen der gegrillten Tiere, die ihre Massais ein paar hundert Meter weiter vom Camp am späten Abend entsorgen. Am nächsten Morgen ist immer alles weg. Diese biologische Entsorgung kostet nichts und hilft auch noch den wilden Tieren beim Überleben. Grundsätzlich geht kein einziges Wildtier an ein geschlossenes Zelt, oder bricht es gar auf. Sie laufen maximal um das Zelt und nehmen die Witterung vom Zelt auf. Wichtig ist hier, dass die Zelte immer komplett geschlossen sind, sonst wird es gefährlich. Für jeden Gast des Campingplatzes gibt es als Erstes eine Einweisung, möglichst in Landessprache oder Englisch, so dass eigentlich alle gewarnt sind und wissen wie sie sich hier in der Serengeti verhalten sollen. Einmal hatte sie einen Gast, der in einem kleinen privaten Zelt alleine nächtigte und sich darin sinnlos betrank. Im Rausch vergaß er das Zelt zu schließen und so schauten seine Beine aus dem offenen Zelt. Am nächsten Tag fand man seine Überreste ein paar hundert Meter weiter verstreut in der Savanne. Seit diesem Vorfall wacht bei Tag und Nacht immer mindesten ein Krieger der Massai auf dem offenen Gelände des "Old Safari Camps". Seitdem ist nie wieder etwas passiert.

Im Verwaltungshaus fand sie die alte Lady und ihren Chef-manager bei dem traditionellen englischen Nachmittagstee. Die

Kommissarin Frau Amani wurde freundlich begrüßt und ihr wurde gleichzeitig eine Tasse schwarzen Tee im guten englischen Porzellan kredenzt. Sie brachte ihr Anliegen vor und befragte die zwei im Raum, ob ihnen in den letzten Tagen etwas aufgefallen sei und sie eventuell die vermisste Person gesehen hätten, zeigte ihnen parallel noch das Foto von Nadine Müller. Leider gab es keine Neuigkeiten oder eine Spur wo sie sich aufhalten könnte. Der Chefmanager Billy nahm das Foto und befragte für die Polizistin alle Mitarbeiter und seine Frau bezüglich der vermissten Person. Aber auch danach gab es nichts Neues. Nach kurzem Small Talk verabschiedete sich die Kommissarin, bedankte sich für den Tee und machte sich auf den Weg zum nächsten Ziel. Die Kommissarin sagte zuvor noch zu allen Anwesenden auf der Lodge: "Wenn es irgendwas Neues zu diesem Fall gibt, auch nur der kleinste Hinweis, dann rufen sie mich bitte sofort an. Ich lasse ihnen für diesen Fall meine Visitenkarte hier."

Dann stieg sie in ihren Dienstwagen und fuhr vom "Old Safari Camp" Richtung Süden, über den Grumeti River zum "Lion Safari Camp". Die Fahrzeit zu ihrem neuen Ziel dauert ungefähr eine Stunde. Sie achtete auf jeden Zweig und jeden Stein, denn wenn wieder etwas mit den Reifen passiert, dann sitzt sie fest und das wäre sehr schlecht zu der heranschreitenden Tageszeit. Glücklicherweise klappte alles ohne einen Zwischenfall und als sie vor Ort auf dem "Lion Safari Camp" aus dem Auto ausstieg, fiel ihr erst auf, wie dreckig sie vom Reifenwechsel war. Es war ihr peinlich, aber sie konnte es nicht mehr ändern, denn im Dienstauto hatte sie keine Ersatzkleidung.

Die Besitzer des "Lion Safari Camps", Ulla und Peter Kleinschmidt aus Mannheim in Deutschland, kamen ihr gleich neugierig mit ihren dreijährigen Zwillingen Peter und Paul entgegen gelaufen. Denn hier war noch nie die Polizei. Sie fragten gleich, ob etwas passiert sei, weil die Kommissarin so eine verschmutzte Uniform trägt und ob sie helfen können. Die Kommissarin begrüßte den zweiunddreißigjährigen Peter

Kleinschmidt und seine zwei Jahre jüngere Frau Ulla. Selbstverständlich auch die zwei kleinen Zwerge der Familie, für die das Polizeiauto und eine Polizistin das absolute High Light der letzten Monate war. Dementsprechend aufgeregt und neugierig waren sie und fingen sofort an die Polizistin hektisch zu befragen. Nach den ersten Fragen, die von der Kom-missarin gerne und kindsgerecht beantwortet wurden, schritt der Vater ein und bat alle ins Haus zu kommen, um eine Kleinigkeit zu trinken und zu essen. Denn im Haus stand schon das Essen bereit und der kühle selbstgemachte Himbeersaft. Es musste lediglich ein Teller, Besteck und ein Glas für den Gast dazu gestellt werden. Was Frau Kleinschmidt schnell und sehr gerne übernahm. Die Kommissarin war froh wieder einmal so toll bewirtet zu werden, denn mit ihrer Flasche Wasser im Auto, kam sie bei diesen Temperaturen in der Serengeti nicht weit. Und das Essen roch richtig lecker. Die Kommissarin fragte was das ist und Frau Kleinschmidt antwortete ihr: "Das ist ein schwäbisches Gericht und besteht aus Spätzle, das ist eine Art lokaler selbstgemachter Nudeln, Linsen und Saitenwürstchen, dazu gibt es noch frischen grünen Salat aus meinem kleinen Garten." Vorsichtig probierte die Kommissarin und fand es nach ein paar Happen richtig lecker. Dann aß sie den Teller schnell leer, denn sie hatte schon lange nichts Deftiges und Gutes mehr gegessen.

Peter Kleinschmidt und seine Frau Ulla haben vor sieben Jahren dieses "Lion Safari Camp" mit den eigenen Händen aufgebaut, nachdem sie sich diesen wunderschönen Platz, mitten im flachen Grasland der Serengeti ausgesucht hatten. Denn sie liebten beide Löwen über alles und dieses Camp liegt mitten drin. Daher kommt auch der Name des Platzes "Lion Safari Camp". Peter Kleinschmidt ist gelernter Technischer Zeichner und arbeitete zuvor in einem Architektenbüro in Mannheim, in dem er auch seine Frau kennenlernte. Denn sie arbeitete im gleichen Büro als Sekretärin. Nach deutscher Gründlichkeit wurde das Camp angelegt, so hat alles seine Ordnung und die Großraumzelte sind symmetrisch und sauber zum Gesamtbild ausgerichtet. Die schön angelegten Naturwege führen von einem Großraumzelt zum anderen. Der mittelgroße sportliche, freundliche Peter Kleinschmidt macht noch einen sehr jugendlichen Eindruck mit seiner blonden und gepflegten Kurzhaarfrisur. Wenn er mit seinem schönen Gesicht und den stahlblauen Augen seine ebenfalls blonde und schlanke Frau anschaut, dann spürt man immer noch diese Verliebtheit bei ihm. Ullas schöne Haare sind schulterlang und kräftig, obwohl sie naturblond ist. Auch sie hat ein filigranes und schönes Gesicht, so wie strahlend blaue Augen und eine sehr weibliche Ausstrahlung. Die zwei wirken sehr harmonisch und glücklich. Kein Wunder dass daraus vor über drei Jahren schöne Kinder entstanden sind, die absolut gleich aussehen mit ihren blonden Haaren und den blauen Augen. Aber das ist bei eineiigen Zwillingen ja meistens so. Die Massai waren über die hellblonden Haare und die strahlenden blauen Augen anfangs etwas irritiert, denn das kannte hier keiner in dem kleinen naheliegenden Massaidorf. Von Anfang an war ihr dreißigjähriger Chefmanager Kiah Juma mit dabei und begleitete die zwei mit seiner vier Jahre jüngeren Frau Nyala. Das kinderlose Massaipaar ist in dieser Gegend für die zwei Quereinsteiger aus Deutschland wie ein Hauptgewinn, zumal es noch weitere acht Frauen und Männer aus der Gegend gibt, die für das Camp arbeiten und alle nur die Sprache der Massai sprechen. Das "Lion Safari Camp" ist im Prinzip gleich dem "Old Safari Camp", nur gibt es hier fünfundzwanzig neuartige Großraumzelte mit Innenausstattung und Bad, so wie ein großes Verwaltungsgebäude mit viel Platz zum Essen für die Gäste und zusätzliche Unterkunftsräume. Alle Großraumzelte stehen geordnet auf der Graslandschaft der Savanne unter den schattenspendenden Fächerakazien des Camps. Für die Gäste, die ein eigenes Zelt mitbringen, steht hier ebenfalls ein einfaches Dusch- und Toilettenhaus, am Rand der Anlage zur Verfügung.

Nach dem leckeren Essen fragte die Kommissarin die gleichen Fragen wie zuvor auf dem "Old Safari Camp", doch leider wusste hier auch keiner etwas von dieser vermissten Person Nadine Müller, auch nicht nachdem ihr Foto rumgereicht wurde. So wollte die Kommissarin sich verabschieden und wieder auf den Weg machen. Da fragte Ulla Kleinschmidt, ob sie nicht lieber hier übernachten will, denn es wird bald dunkel und dann sollte sie nicht alleine durch die Serengeti fahren. Es ist ohne Allradjeep und ohne Begleitung zu gefährlich. Die Kommissarin bedankte sich herzlich für dieses Angebot und der leckeren Verkostung mit "Linsen und Spätzle". Meinte aber, dass sie heute schon genug Pech hatte mit dem Reifenwechsel, das wird ja wohl reichen. Danach sagte sie noch ihren Standardspruch zu allen Anwesenden auf der Lodge: "Wenn es irgendwas Neues zu diesem Fall gibt, auch nur der kleinste Hinweis, dann rufen sie mich bitte sofort an. Ich lasse ihnen für diesen Fall meine Visitenkarte hier." Anschließend gab es eine herzliche Verabschiedung und die Zwillinge durften sogar kurz im Polizeiauto sitzen und die Sirene einschalten, da war pure Freude in den Kinderaugen zu sehen.

Die Fahrt zur Polizeistation verlief bis in den späten Abend und die meiste Zeit musste die junge Frau im Dunkeln der Serengeti zurücklegen. Es gibt hier keine Beleuchtung auf den unbefestigten Wegen, oftmals überqueren Büffel oder große Elefantenherden die Straße und wehe man kommt zwischen die Herde, dann ist es gut möglich dass die gewaltigen Tiere das Auto von der Straße schieben und stark beschädigen, durch solche Missverständnisse gab es sogar schon tödliche Unfälle in der Serengeti. Ebenso gefährlich ist es, auf ein verletztes, flüchtendes oder totes Tier zu fahren, dabei kann das Auto beschädigt und der Fahrer schwer verletzt werden. Umso länger sie fuhr, umso ängstlicher wurde sie und im Nachhinein war sie naiv und leichtsinnig, dieses freundliche Angebot von Ulla Kleinschmidt, bezüglich der Übernachtung im Camp, abzulehnen. Aber sie hielt tapfer durch, auch wenn sie wegen dem anstrengenden Tag, hin und wieder in den Sekundenschlaf fiel und scheinbar irgendwelche Schatten von Tieren über die Straße laufen sah.

Der Polizeichef Herr Saidi saß noch im Polizeirevier, weil er sich Sorgen machte und ein wenig Angst um seine übereifrige Kommissarin hatte. Denn er wusste als alter Hase, dass man nachts nicht alleine durch die Serengeti fährt, das ist ein ungeschriebenes Gesetz. Als die Kommissarin in die Polizei-station trat und Herr Saidi sie das erste Mal sah, schlug er die Hände über seinen Kopf zusammen. Er fragte sie: "Wie sehen sie denn aus? Was haben sie unterwegs angestellt? Sie sind ja ganz dreckig und total übermüdet!" Er reichte ihr schnell ein großes Glas Wasser und dann erzählte sie von ihrer langen Tagestour, den Ergebnissen und ihrem Missgeschick mit dem platten Reifen.

Am nächsten Morgen gab es immer noch kein Lebenszeichen von der vermissten Nadine Müller. Die Eltern der vermissten Frau riefen schon ganz früh an. Diesmal waren ihre Fragen deutlich besser in der englischen Sprache formuliert. Ver-mutlich haben sie sich gut vorbereitet und ein Übersetzungs-programm verwendet. Trotzdem waren sie immer noch sehr nervös und angespannt am Telefon. Sie fragten nach den laufenden Ermittlungen und dem Status der Suche ihrer Tochter und ob so etwas Öfters vorkommt auf einer Safari. Mit zitternder und weinender Stimme fragte die Mutter die Kom-missarin: "Es wird doch nichts Schlimmes passiert sein, oder?" Die Kommissarin beantwortete alle Fragen, manchmal auch zwei oder dreimal, weil das ältere Ehepaar es nicht gleich verstanden hatte. Sei es wegen der Sprache, oder weil sie viel-leicht nicht mehr so gut hören. Am Telefonnetz konnte es nicht liegen, denn die Verbindung von Tansania nach Deutschland war sehr gut und klar, ohne jegliche Störungen. Zudem versuchte die junge Kommissarin, trotz ihrer Müdigkeit, die Eltern so gut es geht zu beruhigen, denn Panik und Angst zu schüren bringt in dieser Situation überhaupt nichts. Mit einem besseren Gefühl, als zu Beginn des Telefonats, konnte die Kommissarin das Gespräch mit den Eltern der Vermissten beenden.

Kaum war der Hörer aufgelegt, da rief schon Ronald Miller von der "Luxury Safari Lodge" an und wollte wissen: "Wie ist der Stand der Ermittlungen und gibt es eine Spur, oder wurde die vermisste Frau schon gefunden?" Leider konnte die junge Kommissarin auch hier keine guten Nachrichten verkünden.

Dann rief der Polizeichef seine Mitarbeiter in sein Büro, um die Tagesbefehle zu geben und das weitere Vorgehen zur Suche der vermissten Person zu besprechen. Als Erstes gab er die Anweisung an seine zwei Streifenpolizisten, dass sie auf ihrer Routinerundfahrt einen größeren Radius abdecken sollen und die Menschen vor Ort fragen, ob sie Nadine Müller gesehen haben. Die Kommissarin sollte heute nur Büroarbeit übers Telefon ausführen, weil sie noch von gestern total übermüdet war und weitere Lodges oder Camps zu weit entfernt liegen. Sie bekam die Order alle Camps und Lodges im weiteren Umfeld zu kontaktieren und nach der vermissten Nadine Müller weiter zu suchen. Die Parkverwaltung des Nationalparks der Serengeti ist zu informieren und muss aufgefordert werden, dass alle Ranger und Safariguides das Foto von Nadine Müller erhalten und sie die Augen und Ohren offen halten und melden, wenn sie was finden oder in Erfahrung bringen. Als Nächstes werden die Parkverwaltungen der umliegenden Nationalparks angerufen, das Foto von Nadine Müller gesendet und die Leute aufgefordert mit zu suchen. Der Polizeichef Saidi übernahm selber die Aufgabe, die umliegenden Polizeistationen zu informieren und um Hilfe zu bitten. Ebenso wollte er im Polizeihauptquartier von Arusha anrufen, um Verstärkung einzufordern. Damit war alles gesagt. Zum Schluss ermahnte er nochmals seine Mitarbeiter. "So etwas wie gestern möchte ich nicht mehr erleben, nachts alleine durch die Serengeti fahren, das geht überhaupt nicht. Ich bitte auch nochmals darum die Arbeitszeiten einzuhalten, denn ich bekomme aktuell kein Geld für Überstunden genehmigt. Dann viel Erfolg und halten sie mich auf dem Laufenden." Damit war das Meeting zum Tag abgeschlossen und jeder ging seinen Aufgaben nach.

Als Erstes rief der Polizeichef Saidi im Polizeihauptquartier von Arusha an, um dort um Verstärkung zu bitten, denn die kleine Polizeistation in der Serengeti ist für solche kriminal-technischen Aufgaben personell nicht gerüstet. Er kannte den Chef von Arusha gut und versprach sich nicht viel davon, zumal die Person bisher nur als vermisst gilt. Aber er wollte es nicht unversucht lassen, denn es wäre doch sehr schade um so eine junge hübsche Frau, die ihr ganzes Leben noch vor sich hat, wenn sie nicht rechtzeitig gefunden wird.

Der Polizeichef im Polizeihauptquartier von Arusha meldete sich sehr kurz und ruppig, so wie immer, das war seine Art. Herr Saidi brachte sein Anliegen vor und wurde gleich im ersten Ansatz abgeschmettert. Mit der Begründung, wegen der vielen Touristen ist dies nicht möglich, zudem ist bald Stadtfest, da brauche ich alle Kräfte vor Ort. Zudem ist diese Frau aus Deutschland nur vermisst, vielleicht treibt sie sich auch nur rum und hat vergessen sich abzumelden, oder ist bester Gesundheit auf einer größeren Safari, oder nach Dar es Salaam unterwegs oder liegt gerade in der Sonne am Strand und genießt gar eine hübsche Auszeit auf der wunderschönen Insel Sansibar. Kommen sie mir bloß nicht wegen einer jungen vermissten Frau, die vermutlich den Spaß ihres Lebens hier in Tansania hat. Sie sind doch nun schon so alt und lange verheiratet, da sollten sie doch am besten die Frauen kennen und wissen wie launisch und wechselhaft die oft sind. Gerade so junge Frauen die wollen doch im Urlaub was erleben und treiben sich oft nächtelang rum, wie rollige Katzen. Kommen sie mir bloß nicht mehr mit so einer Anfrage, wegen einer vermissten jungen Frau, dafür bekommen sie keine Verstärkung von Arusha und auch von sonst keiner Polizeistation." Der Chef von Arusha war fertig mit seinem Telefonat und knallte den Hörer in die Telefongabel, denn er war fertig und das war das wichtigste für ihn. Herr Saidi konnte nichts mehr sagen, es reichte nicht einmal für ein auf Wiedersehen. Er wurde einfach abgefertigt, so kannte er den Polizeichef vom Polizeihauptquartier in Arusha. Im Nachhinein ärgerte der Polizeichef Saidi sich, zumal er genau mit so einer Antwort vom Chef des Polizeihauptquartiers von Arusha gerechnet hatte. Aber wie gesagt, er wollte einfach nichts unversucht lassen, so lange noch die Hoffnung auf ein Lebenszeichen der vermissten jungen Frau aus Deutschland besteht.

Um zehn Uhr meldete sich telefonisch der Chefranger Simba Juma von der "Nature Safari Lodge" auf der kleinen Polizeistation der Serengeti. Die Kommissarin nahm den Anruf persönlich entgegen und hörte was der Chefranger zu erzählen hatte. Er berichtete ganz aufgelöst und hektisch: "Ich war mit dem leeren Safarijeep unterwegs zur "Nature Safari Lodge", um dort neue Gäste für eine Safaritour abzuholen. Ein paar Kilometer östlich der Lodge sah ich am Grumeti River Rauchwolken aufsteigen und weil ich ganz in der Nähe war, wollte ich nach dem Feuer schauen und es ggf. selber löschen oder der Verwaltung des Reservates melden. Damit ein kleiner Löschtrupp kommt, um das Feuer zu löschen. Als ich eiligst näher kam, sah ich eine nackte weiße junge Frau, die mit nach oben gefesselten Händen an einem Pfahl aufgehängt war und mit gefesselten Füßen auf einem brennenden Holzhaufen stand. Das Feuer und der Rauch umschlossen bereits die Füße und Knie der Frau, die versuchte sich mit Gewalt zu befreien und schrie um Hilfe. Als ich dort ankam, war das Feuer so stark, dass ich die Frau nicht mehr sehen konnte. Sie war inzwischen auch ganz ruhig. So sprang ich schnell aus meinem Jeep und versuchte das Feuer mit meinem Feuerlöscher zu löschen, was mir halbwegs gelang. Dann sprang ich auf den großen Scheiterhaufen und schnitt die ohnmächtige Frau los. Ich trug sie runter, legte sie vorsichtig auf die Erde und befreite sie von den Fesseln. Dann klopfte ich ihr auf die Wangen ins Gesicht, um sie wach zu rütteln. Ihre Füße und Beine waren bis zu den Knien total schwarz und verbrannt. Ich beatmete sie und tätigte eine Herzmassage um sie zu reanimieren. Genau so wie ich es auf der Schule für Ranger gelernt hatte. Aber ich konnte nichts mehr machen, sie war bereits tot. Ich war zu spät, das konnte ich mir nicht verzeihen. Ich fuhr doch schon so schnell wie möglich und rannte zum Feuer, alles in Rekordzeit. Aber es half alles nichts, sie ist vor meinen Augen gestorben, vermutlich an einer Rauchvergiftung. Ich konnte nichts mehr machen. Das tut mir so leid. Nun stehe ich hier und habe sie gleich angerufen. Es ist die Frau, die sie uns gestern auf dem Foto gezeigt haben. Aber auf ihrer Stirn, über der Brust auf der Herzseite und im Schambereich hat diese Frau ein frisches Brandzeichen, in Form eines Kreuzes in einem Kreis. So etwas habe ich noch nie gesehen. Diese junge hübsche Frau wurde quasi von Menschen hingerichtet und sollte verbrannt werden, dass keine Spur des Mordes mehr übrig bleibt. Welches Schwein kann so etwas nur tun. So eine junge hübsche Frau hinzurichten, sie hat doch noch ihr ganzes Leben vor sich. Und ich konnte sie nicht mehr retten, ich kam einfach zu spät." Dann brach er zusammen und bekam einen Heulkrampf. Er konnte sich nicht mehr auf den Beinen halten, seine Knie hielten sein Gewicht nicht mehr und so saß er kniend vor der toten Frau und hielt seine Hände vor sein Gesicht. Die Tränen rannen ihm über sein schmerzverzerrtes Gesicht auf die Hände und der Speichel floss aus seinem offenen Mund. Er war mit den Nerven fertig, diese Sache überforderte ihn psychisch und physisch. Er verstand die Welt nicht mehr, wie konnte jemand so etwas tun. Das Handy fiel runter und lag neben ihm auf dem Boden.

Die Kommissarin versuchte ihn zu beruhigen und sprach mit sanften und freundlichen Worten auf ihn ein. Sie hörte aber das Handy auf den Boden fallen, trotz allem sprach sie weiter und munterte ihn auf, das Handy wieder in die Hand zu nehmen, um mit ihr zu sprechen. Es war ruhig, viele Minuten lang hörte sie nur sein Weinen, Jammern und Wimmern, so wie Bruch- stücke verzweifelter und hilferufender Worte. Sie sprach behutsam immer weiter und hoffte, dass er irgendwann, wenn er sich etwas beruhigt hatte, wieder an sein Handy geht.

Im Unterbewusstsein und unter dem Leiden des Erlebten hörte der Chefranger Simba Juma langsam wieder die Stimme am Handy. Er nahm die Hände vom Gesicht und wischte sie an seiner Rangerbekleidung ab, ebenso sein Gesicht. Danach nahm er das Handy auf und sprach wieder mit der Kom- missarin.

Sie gab ihm nach den letzten beruhigenden Worten eine klare Anweisung: "Löschen sie das Feuer und bewachen die tote Frau, bis ich eintreffe. Auf keinen Fall dürfen sie etwas verändern, sonst könnten wichtige Spuren verwischt oder gar entfernt werden. Haben sie das verstanden?" Wollte sie noch- mals vom Chefranger bestätigt bekommen. Er antwortete nun klar und deutlich und hatte sich nach seinem Schwächeanfall wieder etwas gefangen. Dann legte die Kom-missarin das Telefon auf und machte sich auf den Weg zur "Nature Safari Lodge", um an den Tatort zu kommen.

Zuvor unterrichtete sie kurz ihren Polizeichef Saidi und besprach das weitere Vorgehen in diesem Fall. Er gab ihr noch mit auf den Weg: "Bitte nehmen sie die Spiegelreflexkamera mit und machen vom Tatort Fotos und vergessen sie nicht zwei Sicherungskreise mit dem rot-weißen Folienband um die Leiche und um den gesamten Tatort zu legen, um diesen zu sichern. Nehmen sie das Großkalibergewehr mit, um die Leiche vor den wilden Tieren zu schützen. Denn sie sollte unbedingt gut erhalten bleiben, damit die Spezialisten aus Arusha eine gute Analyse und einen sicheren Befund zum Mord erstellen können. Weil es sich hier sehr eindeutig um einen Mord handelt." Der Polizeichef teilte ihr als Letztes noch mit: "Ich werde das Spurensicherungsteam mit dem Arzt von Arusha zum Tatort senden. Unseren zwei Streifenpolizisten gebe ich auch Bescheid, die sollen dazu stoßen, um den Tatort zu sichern und den Spezialisten aus Arusha helfen."

Chefranger Simba Juma löschte schnell das Feuer und rief danach seinen Chef Andreas Klein auf dem Handy an. "Bitte teilen sie den wartenden Safarigästen mit, dass die Safari erst später stattfinden wird." Er erzählte noch den ganzen Vorfall und bat um Unterstützung, damit er ihm hilft den Tatort vor den wilden Tieren zu schützen, bis die Kommissarin eintrifft. So wie besprochen wurde alles schnellstens abgearbeitet.

Die junge Kommissarin Amani raste mit ihrem Dienstwagen in die Serengeti Richtung "Nature Safari Lodge", von weitem sah sie das Auto des Chefrangers Simba Juma und die gelöschten Reste des Holzes mit dem Holzpfahl in der Mitte. Sie stellte das Polizeiauto ab und rannte die letzten paar Meter zum Tatort. Innerlich hoffte sie, dass die Leiche nicht Nadine Müller ist.

Ihr Polizeichef Saidi musste sich beim Polizeichef im Polizei-hauptquartier von Arusha diesmal keine bösen Kommentare am Telefon anhören. Denn nun war auch für ihn klar, dass sofort ein Team der Polizei mit Spezialisten und dem Doktor zur Untersuchung des Tatortes bereit gestellt werden müssen. Der Polizeichef in Arusha übernahm persönlich diese wichtige Aufgabe: "Ich befehle die Spezialisten für die Untersuchung des Tatorts, so wie einen erfahrenen Doktor zur Leichen-obduktion in die Serengeti zu kommen. Das Speziallistenteam wird so schnell wie möglich vor Ort sein und alles genau untersuchen. Ihre Kommissarin soll per Funk den genauen Fundort durchgeben." Diesmal war der Polizeichef Herr Saidi sehr zufrieden. Er bedankte sich bei der Polizeizentrale in Arusha für die gute und schnelle Bereitstellung des Teams der Speziallisten. Danach legte er den Hörer zufrieden in die Gabel seines Telefons.

Stolz und erfreut teilte der Polizeichef Saidi die neue Situation seiner jungen Kommissarin mit. Sie war ganz überrascht und zufrieden, dass die Spezialisten aus Arusha anrücken und nun eine gute Chance besteht die tatsächliche Ursache des Todes zuverlässig zu ermitteln.

Schnell sicherte die junge Kommissarin vor Ort den Tatort, um die Leiche mit rot-weißem Kunststoffband und einen zweiten weitläufigen Ring großzügig um den Fundort. So dass keiner die Spuren verwischen kann und die Spezialisten aus Arusha in Ruhe arbeiten können. Mit ihrer Spiegelreflexkamera schoss sie noch ein paar Fotos, um alles zu sichern und zu archivieren. Danach verhörte sie den nervösen Chefranger Simba Juma, der zusammen mit seinem Chef Andreas Klein die Leiche vor den wilden Tieren der Serengeti sicherte. Sie schrieb alles gleich in ihr kleines schwarzes Notizbuch, das sie stets bei sich trug.

Inzwischen trafen auch die zwei Streifenpolizisten der kleinen Polizeistation der Serengeti am Tatort ein. Ihre Aufgabe war es nun die Sicherung der Leiche durch Privatpersonen abzulösen, denn dieser Job gehört zur Polizeiarbeit. Für die Herren Jabari und Zahir war dies ihr erster Einsatz, bei dem es um eine menschliche Leiche geht. Das machte sie leicht nervös, war aber auch sehr interessant zu sehen wie so ein Fall behandelt wird und was letztendlich dabei rauskommt.

Die Streifenpolizisten empfingen die Spezialisten und den Doktor für die Befundung vor dem Tatort. Das war quasi ihr Einsatz zu dem ersten Großereignis in der Serengeti. Sofort zeigten die ortskundigen Streifenpolizisten dem Trupp aus Arusha den Fundort und halfen beim Tragen der Gerätschaften und der Koffer zur Fundstelle.

Nach einer kurzen Begrüßung und dem Austausch der Daten und Fakten startete die Spezialeinheit mit ihrer Arbeit. Zuerst wurde alles Drumherum ausgiebig fotografiert und untersucht, danach arbeiteten sie im inneren Kreis um die Leiche. Erst ganz zum Schluss wurde die Leiche untersucht und noch am Fundort fotografiert, dazu standen überall kleine Kunststoff-schilder mit Nummern. Als der Leichnam der jungen hübschen Frau genauer betrachtet wurde und die Daten mit dem Pass bezüglich der Übereinstimmung geprüft wurden, war eindeutig klar, dass es sich um die seit drei Tagen / Nächten vermisste Person Nadine Müller handelt. Anschließend stellten alle Beteiligten die Daten zusammen und notieren diese, weil die Kommissarin durch die Vermisstenanzeige schon alles vor-liegen hatte. Die Leiche der jungen, hübschen Frau Nadine Müller war noch recht gut erhalten. Nur an den Füßen und bis zu den Knien wurden starke Verbrennungen festgestellt. Der Tod trat, wie es der Chefranger Simba Juma als Zeuge bereits feststellte, heute Morgen durch eine tödliche Rauchvergiftung auf dem brennenden Scheiterhaufen ein. Besonders auffällig sind die frischen Brandzeichen auf ihrer Stirn, über der Brust auf der Herzseite und im Schambereich. Diese frischen Brand-zeichen sind alle gleich und zeigen ein Kreuz mit einem umgebenen Ring. Vermutlich sind sie durch ein glühendes Eisen, wie er z.B. bei der Markierung von Rindern verwendet wird, auf den Körper der jungen Frau eingebrannt worden. Zudem sind Blessuren und blaue Flecken, so wie Blutergüsse im Gesicht und auf dem Oberkörper zu sehen. Dies könnte auf einen Kampf oder Spuren einer Vergewaltigung hinweisen, was aber noch im Labor genauer untersucht werden muss. Mehr konnte auf den ersten Blick, vor Ort, nicht erkannt werden. Die genauen Details der Verletzungen muss noch in der Praxis bzw. in der Leichenhalle von Arusha untersucht werden.

Das Spezialistenteam aus Arusha übernahm die restliche Arbeit mit dem Abtransport der jungen Leiche und der detaillierten Obduktion. Die Streifenpolizisten halfen wieder tatkräftig beim Abtransport der Gerätschaften und Taschen. Danach ging jeder wieder seiner Arbeit nach.

Später obduzierte der Pathologe die Leiche ganz genau und bestätigte, dass tatsächlich die junge hübsche Frau Nadine Müller, an dem genannten Morgen, auf dem Scheiterhaufen durch den Rauch des Feuers erstickte. Es fanden mehrere Kämpfe in den letzten drei Tagen vor ihrem Tod statt, so wie die Blutergüsse, Blessuren, blaue Flecken auf ihrem Ober-körper und in ihrem schönen Gesicht dies zeigen und dadurch bestätigen. Auf eine weitere körperliche Auseinandersetzung deuten die im Vaginal- und Analbereich starken Verletzungen, die leider auf eine mehrfache, über drei Tage lange, immer wieder fortlaufende Vergewaltigungen eindeutig hinweisen. Leider sind keine Spermaspuren zu finden, vermutlich hat der Täter Kondome verwendet. Bislang konnten wir leider keine Blutspuren oder Haare vom Täter finden. So dass eine Identifikation über diese Spuren ausgeschlossen werden kann. Unter den Fingernägeln waren viele Partikel von mensch-lichem Kot zu finden. Es war nicht ihr Kot, den der Kot unter den Fingernägeln war schon sehr alt. Was vermutlich durch den Kampf während der Entführung und / oder der mehrfachen Vergewaltigung aufgenommen wurde. Besonders auffällig sind die frischen Brandzeichen auf ihrer Stirn, über der Brust auf der Herzseite und im Schambereich. Diese frischen Brand-zeichen sind alle geometrisch gleich und zeigen ein Kreuz mit einem umgebenen Ring. Sie wurden durch ein glühendes Eisen auf den Körper der jungen Frau eingebrannt. Und zwar vermutlich in jeder Nacht ein Brandzeichen, in der ersten Nacht im Schambereich, dann über der Brust und in der dritten Nacht auf der Stirn. Dies ist eindeutig am Heilungsprozess der Brandvernarbung fest-zustellen. Das war nun die offizielle Obduktion des Doktors aus Arusha. Anschließend wurde alles im Leichenschein und der Polizeiakte, zusammen mit den Fotos und dem Beweis-material, dokumentiert. Der Pathologe gab anschließend die Leiche für die Beerdigung frei, zuvor ist aber noch eine Identifikation durch die Eltern von Frau Müller vorzunehmen.

Der Polizeichef Herr Saidi von der Polizeistation der Serengeti bat seine junge Kommissarin Frau Amani per Telefon, die Eltern von Nadine Müller über den Tod ihrer Tochter zu informieren, weil sie den Kontakt schon mit ihnen hielt. Sie sollten so schnell wie möglich nach Arusha kommen, um die Leiche ihrer Tochter zu identifizieren und für die anschließende Beerdigung oder den Transport nach Bochum frei zu geben. Er äußerte noch Instruktionen für das Telefonat mit den Eltern des Opfers mit, denn die Kommissarin sollte vorab nicht zu viel erzählen und schon gar nichts über die Brandzeichen. Denn die Eltern werden schon genug über die schlechte Nachricht geschockt sein, da wenden wir besser die Salamitaktik an.

Nach dem Gespräch klingelte das Telefon bei der Kommissarin und Ronald Miller von der "Luxury Safari Lodge" meldete sich. Er fragte ganz aufgeregt: "Stimmt das wirklich, unser Safarigast Nadine Müller wurde am Grumeti River auf einem Scheiterhaufen vorgefunden und starb an einer Rauchvergiftung?" Die Kommissarin bestätigte seine Aussage: "Behalten sie dies erst mal für sich, denn es wird noch früh genug in der "Serengeti News" erscheinen." Er antwortete: "Das ist ganz in meinem Interesse, aber wenn dies erst in der Zeitung steht, dann wird hier kaum noch einer eine Safari buchen oder gar auf meiner Lodge übernachten. Das ruiniert mich, dann werde ich gezwungen sein Mitarbeiter zu entlassen und meine Lodge vielleicht sogar vorübergehend schließen. Nicht nur für mich ist das ein riesiges Problem, die gesamte Tourismusbranche in der Serengeti wird darunter leiden." Am Ende des Gesprächs wollte Ronald Miller noch wissen, wer der Mörder ist und warum sie auf einem Fegefeuer hingerichtet wurde. Sie teilte ihm mit, dass der Mörder noch nicht gefunden wurde und der Grund dieser Art von Mord noch ungeklärt ist. "Das heißt der Mörder rennt hier noch frei herum und jeder muss damit rechnen der Nächste zu sein," meinte Ronald Miller. Wie gesagt: "Wir wissen es nicht wer für diesen Mord die Verantwortung trägt und ob der Mörder aus der Gegend ist, oder auf der Durchreise war." Damit war das Telefonat eigentlich beendet. Ronald Miller bedankte sich für die ehrliche Auskunft und verabschiedete sich.

Dann holte die Kommissarin Frau Amani erst mal tief Luft und bereitete sich mental auf das Telefonat mit den Eltern von Nadine Müller vor. Ihr Herz schlug laut vor Anspannung und Aufregung, denn das war das erste Mal in Ihrem Leben, so eine schlechte Nachricht zu übermitteln. Die Eltern gingen sofort an das Telefon und man merkte, dass sie instinktiv spürten, welche schlechten Nachrichten nun von der Polizei aus der Serengeti folgen würden. Der Apparat in Deutschland war auf Lautsprecher geschaltet, so konnten beide Elternteile mithören und sich am Gespräch beteiligen. Bevor die Kommissarin überhaupt irgendetwas sagen konnte, rief die Mutter mit jämmerlicher Stimme in das Telefon: "Ist unsere Tochter Tot? Deshalb rufen sie doch an, oder?" Die Kommissarin versuchte die Eltern zu beruhigen, was nicht einfach war, weil sie so schlecht englisch verstanden. Sie erklärte was passiert ist, aber nur das Wesentliche und auch nur so viel wie ihr Chef es ihr aufgetragen hatte. Die Eltern waren erst einmal mit sich beschäftigt und sprachen nicht mit der Kommissarin. Es war zu hören wie die Mutter krampfhaft weinte und der Vater versuchte sie zu beruhigen. Nach einer Weile fragte der Vater, mit nervöser und unsicherer Stimme: "Wie geht es nun weiter und was ist zu tun." Die Kommissarin erklärte ihnen, dass die Eltern, oder wenigstens einer nach Tansania kommen muss, um ihre Tochter zu identifizieren, denn erst danach wird sie freigegeben zur Beerdigung, oder zur Überführung nach Bochum. Dies verstanden die Eltern und teilten der Kommissarin mit: "Wir kommen mit dem nächsten Flugzeug nach Tansania, um unsere Tochter zu sehen und um sie mit nachhause zu nehmen." Danach tauschte man die Adressen aus und verabschiedete sich.

Auf der kleinen Polizeistation der Serengeti wurden alle Polizisten zusammen gerufen, um ein Meeting bezüglich des Mordes an Nadine Müller abzuhalten und um alle Fakten nochmals zu präsentieren, so wie das weitere Vorgehen zu besprechen. Es wurden dazu alle Informationen von der Kommissarin ihrer bisherigen Recherche vorgestellt und eventuelle Motive oder Verdächtige ausgefiltert, die für so einen Mord in Frage kommen. Die Kommissarin sagte: "Der Hauptverdacht fällt nach wie vor auf den Chefkoch der "Luxury Safari Lodge", weil er sich in die junge Frau verliebte, sie aber seine Liebe nicht erwiderte und er war der Letzte der sie gesehen hat und sogar mit ihr zusammen war. Zudem fällt die junge Nadine Müller mit ihrer Figur, dem schönen Aussehen und der beeindruckenden Oberweite genau in das Beuteschema des Chefkochs. Der schon wegen einer sexuellen Handlung, mit einer Frau, die der Nadine Müller sehr ähnlich sieht, vor dem Gesetz auffällig wurde. Dagegen spricht, dass er nach dem späten Mittagessen mit der Köchin zur "Nature Safari Lodge" fuhr, um dort eine Rinderhälfte abzuholen. Allerdings ist das Zeitfenster sehr groß, denn er benötigte mindestens dreißig Minuten länger als für die reine Fahrzeit, die ich selber gestoppt habe. Da könnte etwas auf dem Weg geschehen sein. Zum Beispiel wäre es möglich, dass er unter irgendeinem Vorwand Nadine Müller mitgenommen hatte und sie dann unterwegs entführte und irgendwo gefangen nahm. Drei Tage lang die junge Frau vergewaltigte und sie nach der dritten Nacht am Grumeti River, durch verbrennen, entsorgen wollte. Damit das Ganze einen religiösen Touch bekommt und die Spur zur Kirche gelegt wird, täuscht er durch Brandzeichen und einer mittelalterlichen Hexenverbrennung den Verdacht auf die katholische Kirche vor. Oder war es doch die eifersüchtige Köchin, die ihre letzte Chance mit dem Restaurant und der Familiengründung mit dem Chefkoch nicht verpassen wollte, deshalb ihre Konkurrentin aus dem Weg räumte. So zornig und entschlossen wie sie wirkt, wäre das ein handfestes Motiv. Körperlich würde ich ihr das zutrauen, denn sie ist es als Köchin gewöhnt schwer zu arbeiten. Vielleiht ist die Abholung der Rinderhälfte auch nur ein Vorwand, denn eigentlich sollte dies vom Personal schon am Vormittag erledigt werden. Auf dem Weg zur "Nature Safari Lodge" war das Küchenauto leer und wenn der Chefkoch mit der Köchin gemeinsame Sache macht, dann wäre das ganz leicht gewesen. Allerdings macht es dann keinen Sinn, dass der Chefkoch sich noch drei Nächte am Opfer verging, denn das würde die eifersüchtige Köchin nicht ertragen." Es wurde noch heftig diskutiert und weitere Motive aufgezeichnet, die aber alle keinen Sinn ergaben. Deshalb blieb es erst mal bei den Verdächtigten zwei Personen, dem Chefkoch und der Köchin. Deshalb gab der Polizeichef an die zwei Streifenpolizisten die Order: "Die zwei Köche sind morgen früh abzuholen, um diese auf der Wache etwas genauer und vielleicht auch heftiger zu verhören."

Der Polizeichef Herr Saidi versuchte noch Unterstützung vom Polizeihauptquartier von Arusha zu bekommen, um den Mord schneller aufklären zu können. Nach der guten und schnellen Hilfe durch die Spezialisten aus Arusha, die am Tatort des Grumeti Rivers bei der Aufklärung und Analyse des Mordes von Nadine Müller halfen, war er guter Dinge, dass dies wieder so geschieht. Er rief bei seinem Vorgesetzten im Polizeihauptquartier von Arusha an und wurde freundlich begrüßt. Aber bereits nach der Kapazitätsfrage bezüglich Mitarbeiter, fiel sein Chef sofort wieder in sein altes Verhaltensmuster zurück und lehnte recht ruppig jegliche Unterstützung ab. Die Begründung war fast die Gleiche wie beim vorletzten Telefonat mit ihm. Herr Saidi nahm nochmals Anlauf, um seinen Chef von der Notwendigkeit der zusätzlichen Polizeikapazität zu überzeugen. Er begründete dies mit der Gefahr einer Verschleppung der Aufklärung und der Folge dass die Touristen ausbleiben. Dies hätte gravierende Konsequenzen für den ganzen touristischen Bereich der Serengeti und seiner angrenzenden Nationalparks. Es könnte sich auch noch negativ auf den Tourismus am Kilimandscharo auswirken und das ist einer der Haupteinnahme-quellen von Arusha. Er sagte: "Wollen sie das wirklich riskieren?" Der Chef vom Polizeihauptquartier von Arusha lachte laut und hinterhältig am Telefon und teilte dem Polizei-chef Saidi mit: "Sie dramatisieren das total, nur weil in ihrem Revier auch einmal ein Mord geschieht. Das haben wir hier in Arusha alle paar Wochen. Belästigen sie mich in Zukunft nicht mehr mit solchen Lappalien und kümmern sich gefälligst selber um diesen Fall. Schließlich sind sie doch Polizeichef der Serengeti", danach knallte er den Hörer auf die Telefongabel. Der Polizeichef Herr Saidi war fassungslos und erschüttert über das Verhalten und die Aussagen seines Chefs. Damit hatte er nicht gerechnet. Ganz enttäuscht machte er sich wieder an seine Arbeit im Büro, um diesen hässlichen Vorfall möglichst schnell zu vergessen.

Dann stand schon der Pressetermin der "Serengeti News" auf dem Programm und der Polizeichef Herr Saidi versuchte alles ein wenig herunter zu spielen, um die wichtige Einnahme-quelle der Serengeti Nationalparkverwaltung und somit auch der Regierung von Tansania nicht zu gefährden. Es gelang ihm nur nicht besonders gut, denn die Reporter der Zeitung wussten schon fast jedes Detail. Es wurden Fragen gestellt zum Mörder, der klassischen Scheiterhaufenverbrennung der Hexen im Mittelalter, Stellungnahme der katholischen Kirche, ob dies ein Serienmörder ist, usw.. Leider konnte der Polizeichef der Serengeti fast keine Frage beantworten und er war sehr froh als das Blitzlicht der Kameras endete und er die lästigen Fragen der Reporter hinter sich gebracht hatte. Er dachte nur noch daran, dass dies schon am nächsten Tag alles in der Zeitung stehen wird. Das erhöht zwar dramatisch den Umsatz der "Serengeti News", aber schadet vielen Menschen die hier in der Serengeti vom Tourismus leben. Seine Gedanken machten ihn traurig und müde.

Herr Saidi war froh als dieser unangenehme und anstrengende Arbeitstag vorüber war und er zuhause seine Ruhe und etwas Erholung fand. Seine Frau sah ihm sein Zustand schon an, als er zur Haustür hinein kam. Sie nahm ihn in den Arm und gab ihm einen dicken Kuss und meinte nur: "So schlimm wird es nicht werden. Auch dieser dunkle Tag geht vorüber und danach folgt wieder Sonnenschein." Er setzte sich in sein Wohnzimmer und war einfach nur ruhig. Seine liebe Frau brachte ihm eine Flasche von seinem Lieblingsbier und öffnete diese gleich für ihn. Er bedankte sich und nahm erst mal einen kräftigen Schluck davon, dann sah die Welt wieder ein kleinwenig freundlicher aus.

Die Kommissarin telefonierte den ganzen Tag und stellte u.a. dem Chefkoch und der Köchin den Termin zur Abholung auf die Polizeiwache für den nächsten Morgen ein. Zudem stimmte sie einen Termin mit den Eltern von Nadine Müller zur Identifizierung im Leichenschauhaus ab. Erledigte noch die eine oder andere Papierarbeit im Büro der Polizei. Dann ging sie auch nachhause, um für den nächsten Tag fit zu sein. Denn sie muss früh aufstehen, weil die Fahrt nach Arusha unter Umständen ein paar Stunden dauern wird.

Halb in der Nacht fuhr die Kommissarin nach Arusha um die Eltern von Nadine Müller vom Flughafen abzuholen. Ihr Flugzeug landete ganz früh am Morgen und war sogar pünktlich, was in Tansania nicht selbstverständlich ist. Sie begrüßten sich freundlich und fuhren direkt in die Leichenschauhalle. Dort holten die Gerichtsmediziner die gekühlte Leiche von Nadine Müller aus einem der Edelstahlkühlfächer, um sie kurz den Eltern zu zeigen. Als ihre Eltern den Leichnam ihrer geliebten Tochter sahen brach die Mutter zusammen, die Kommissarin und der Ehemann mussten sie stützen, damit sie nicht auf den Fußboden fiel. Sie setzten die Mutter auf einen Stuhl und trösteten die mit Weinkrämpfen geplagte Frau. Sie sagte immer wieder schluchzend: "Warum unsere Tochter? Sie hat niemanden etwas Böses getan und war doch immer so ein liebes und anständiges Mädchen! Warum nur? Warum werden wir so bestraft? Wir hatten nie etwas Schlechtes in unserem Leben getan. Warum nur wir? Warum unsere geliebte Tochter? Das ist nicht fair, das ist nicht gerecht! Und diese Verstümmelungen mit den Brandzeichen, wie wenn sie eine Hexe wäre und zum Glauben auf einem Scheiterhaufen gezwungen werden musste. Sie war nicht mehr in der Kirche, aber dort sind inzwischen viele Menschen ausgetreten, deshalb darf man doch einen Menschen nicht foltern und ermorden. Ich verstehe das alles nicht, ... !" Die Eltern wussten zwar inzwischen, dass ihre Tochter drei Brandzeichen am Körper hatte und auch wo diese platziert wurden, aber der reale Anblick dieser Verunstaltung traf die zwei noch stärker als eine übliche Besichtigung einer Leiche.

Der Ehemann fragte die Kommissarin und den Gerichts-mediziner: "Können wir vielleicht einen Moment mit unserer Tochter alleine sein." Diese nickten selbstverständlich zu und verließen die Leichenschauhalle. Die Eltern streichelten ihre geliebte und so wunderschöne Tochter ein letztes Mal und gaben ihr zärtlich einen Kuss auf ihre Stirn. Sie sprachen leise ein paar Worte zu ihr und verließen dann beide unter Tränen den Raum. Der Gerichtsarzt und die Kommissarin empfingen sie vor der Leichenschauhalle, trösteten sie etwas und forderten sie auf den Totenschein zu unterschreiben und zu bestätigen, dass dies ihre Tochter Nadine Müller ist. Die Kommissarin bedankte sich bei den Eltern der ermordeten Nadine Müller und brachte sie hinaus. Am Empfang in einem kleinen Neben-raum wurden die restlichen Formalitäten erledigt. An-schließend sprach die Kommissarin nochmals ihr Beileid aus und versprach der Familie Müller diesen Mörder zu fassen und ihnen Bescheid zu geben, wenn er im Gefängnis sitzt. Danach verabschiedete sich die junge Kommissarin, die selber den Tränen so nahe war und fuhr zur kleinen Polizeistation an der B144 im Südosten der Serengeti zurück.

Auf der langen Fahrt im Polizeiauto vom Leichenschauhaus in Arusha zur Polizeistation in die Serengeti gingen der Kom-missarin die vielen Bilder vom Scheiterhaufen, der Leiche mit den Brandzeichen, die verbrannten Unterbeine, die gequälten Eltern und die Augenblicke im Leichenschauhaus nicht mehr aus dem Kopf und ihr liefen die Tränen aus den Augen. Später schrie sie im Dienstwagen: "Ich finde dieses Schwein, der bekommt seine gerechte Strafe und wenn ich bis zu meinem Lebensende danach suchen muss."

Die Streifenpolizisten holten am nächsten Tag den Chefkoch und die Köchin von der Luxury Safari Lodge ab, um sie auf der Polizeiwache in der Serengeti zu verhören. Weil die Gäste der "Luxury Safari Lodge" über die Medien, der Zeitung und durch persönliche Kontakte inzwischen schon alle Bescheid wussten, standen einige schaulustige vor der Lodge, um zu sehen wie die Köchin und der Chefkoch abgeholt werden. Der Besitzer der Lodge Roland Miller teilte jedem der Gäste persönlich mit: "Dies ist eine reine Routinebefragung und ihre Köche sind nachher wieder hier, um wie gewohnt ein gutes Essen zu kochen." Erstaunlicherweise glaubten die meisten Gäste dem Besitzer der Lodge und regten sich nicht auf, sondern es taten ihnen die zwei Köche ein wenig leid, weil sie das alles mit-machen müssen. Aber am Abend und zur Nacht ging kein Gast mehr alleine aus dem Gelände der Lodge. Denn insgeheim hatte jeder ein wenig Angst, ganz besonders die jungen hübschen Frauen, weil der Mörder noch nicht gefasst wurde und jeder hier könnte das nächste Opfer sein. Weil die Gäste der Nachtsafaris alle ihre Teilnahme absagten, wurden diese für die nächsten Tage erst einmal eingestellt.

Als die Streifenpolizisten den Chefkoch und die Köchin der "Luxury Safari Lodge" in den Vernehmungsraum der kleinen Polizeistation der Serengeti brachten, saßen der Polizeichef Saidi und die Kommissarin Amani schon am großen Tisch und bereiteten das Verhör vor. Sie vernahmen die zwei einzeln und als ersten war der Chefkoch an der Reihe und die Köchin musste vor dem schalldichten Raum warten.

Nach der Tonbandaufnahme mit den Formalien, wie Name, Alter, Beruf, Arbeitgeber und Adresse des Chefkochs fingen die Polizisten mit dem Verhör an. Es war abgesprochen, dass die junge Kommissarin das Verhör leitet und ihr Chef nur im Notfall einschreitet. Im Raum war noch ein Streifenpolizist, der andere stand bei der Köchin im Vorraum. Als Erstes bat die Kommissarin: "Schildern sie den Verlauf aus ihrer Sicht, vor-, während- und nach dem Mittagessen der ermordeten Nadine Müller in der "Luxury Safari Lodge."

Der Chefkoch war sehr nervös und hatte Angst, dass die Kommissarin ihm wieder seine Vergangenheit vorwirft. Er fasste seinen Mut zusammen und fing an zu erzählen, so wie er es der Kommissarin schon einmal erzählt hatte, nur diesmal noch detaillierter, denn er wollte ehrlich sein. "Ich führte Nadine Müller unauffällig zu diesem einsamen und uneinsehbaren Platz in der Savanne, fragte anschließend nach den Drinks die sie haben möchte und wollte mich an die Arbeit machen, um das Gleiche wie ich zuvor gegessen hatte, nochmals schnell zu kredenzen. Dazu musste ich nur das Gnufleisch grillen, denn der Rest war fertig. Nadine Müller bedankte sich für diesen tollen und schnellen Einsatz bei mir, dabei fiel ihr die Sonnenbrille auf die Erde ins trockene Gras. Schnell bückte sie sich und ich erhaschte einen fantastischen Blick in ihr wunderschönes und üppiges Dekolletee. Weil sie keinen BH trug und die grüne Safaribluse nur sehr leger ihren erotischen Körper umhüllte, konnte ich ihre gesamte Schönheit der prallen und großen Brüste sehen. Mir fielen bei diesem bezaubernden Anblick fast die Augen aus. Glücklicherweise hatte ich eine dunkle Hautfarbe, sonst hätte Nadine Müller gesehen wie es mir die Schamröte ins Gesicht trieb. Etwas verlegen und leicht stotternd, verabschiedete ich mich und ging zur Küche. Auf dem Weg begegnete ich meinem Freund den Manager Thato Jacobs und der fragte mich gleich scherzhaft, was ist los, du bist so erregt, hattest du ein Rendezvous mit einer hübschen Frau? Ich antwortete ihm lediglich, ich bereite gerade ein Essen, für die hübsche Deutsche Nadine Müller, zu. Der Manager meinte scherzend, verbrenn dir bloß nicht die Finger und ging eilig weiter. Ich servierte persönlich das leckere und frische Essen für Nadine Müller, was eigentlich sehr ungewöhnlich ist. Aber ich wollte beim Servieren nochmals einen Blick auf die hübsche junge Frau werfen. Beim Kredenzen des Menüs und der erfrischenden kühlen Limonade fiel mir versehentlich die Gabel herunter. Ich entschuldigte mich sofort sehr höflich und wollte die Gabel vom Erdboden aufheben, aber Nadine Müller kam mir zuvor und ich erhaschte schon wieder diesen atemberaubenden Anblick ihres wunderschönen Dekolletees. Ich wollte die Gabel mitnehmen und reinigen, aber die junge Frau meinte scherzend nur, das bisschen afrikanische Erde stört mich nicht und wird mich nicht gleich umbringen. Ich entschuldigte mich nochmals und wünschte ihr einen guten Appetit. Lächelnd bedankte sich Nadine Müller. Weil ich ein wenig durcheinander war, hatte ich ganz vergessen das halbe Rind von der "Nature Safari Lodge" abzuholen zu lassen. Denn mit der Besitzerin Hannelore Klein von der "Nature Safari Lodge" kaufen wir oft zusammen ein, weil ihre Lodge nur dreißig Autominuten entfernt liegt und der gemeinsame Einkauf viel Geld einspart. Mein Vergessen war mir peinlich, deshalb wollte ich das halbe Rind selber schnell abholen. Weil die halbe Kuhhälfte recht schwer ist, nahm ich meine Köchin mit, die mir beim Beladen des Fleisches in das Küchenauto helfen sollte. Mit meiner Köchin habe ich ein geheimes Verhältnis, von dem niemand etwas weiß. Dann fuhren wir im klimatisierten Küchenwagen zur "Nature Safari Lodge". Als Hannelore Klein unser Küchenauto sah, begrüßte sie uns winkend. Denn wir kannten und mochten uns schon recht lange. Das Küchenauto parkte ich vor dem Kühlraum der "Nature Safari Lodge", so dass das halbe Rind auf kurzem Weg eingeladen werden konnte. Wir stiegen aus und wurden herzlich von Hannelore Klein begrüßt. Danach liefen wir gemeinsam in das Verwaltungsgebäude, um dort das Schriftliche abzuwickeln und ein kühles Erfrischungsgetränk einzunehmen. Nach kurzem Small Talk luden wir das halbe Rind in unseren Küchenwagen, verabschiedeten uns und fuhren zur "Luxury Safari Lodge" zurück. Das war alles und ist die ganze Wahrheit. Ich habe mit dem Mord von Nadine Müller nichts zu tun. Mir gefällt diese Frau sehr und ich habe mich in sie verliebt, aber deshalb bin ich noch kein Mörder."

Die Kommissarin wurde im Ton etwas härter und fragte den Chefkoch: "War es vielleicht nicht so. Sie haben sich in die junge Frau Nadine Müller verliebt, sie aber erwiderte ihre Liebe nicht. Die junge Nadine Müller mit ihrer Figur, dem schönen Aussehen und der beeindruckenden Oberweite passt ganz genau in ihr Beuteschema. So wie die Frau, die sie schon einmal sexuell belästigt haben und deshalb vor dem Gesetz auffällig wurden. Dann lockten sie Nadine Müller in den Küchenwagen, fuhren sie in ein Versteck, schlossen sie ein und fuhren gleich wieder zur "Luxury Safari Lodge" zurück. Dafür hatten sie dreißig Minuten Zeit. Denn sie waren eine Stunde zur "Nature Safari Lodge" unterwegs, obwohl die Strecke maximal nur dreißig Minuten beträgt. Im ersten Versteck oder einem zweiten Versteck hielten sie Nadine Müller drei Tage gefangen und vergewaltigten sie anal und vaginal, gerade so wie es ihnen Spaß machte. Damit der Mord nicht auf sie fällt, bekam das Ganze einen religiösen Touch und es wurde eine Spur zur Kirche gelegt. Sie täuschten durch Brandzeichen und einer mittelalterlichen Hexenverbrennung den Verdacht auf die katholische Kirche vor. So konnten sie sicher sein, dass kein Verdacht auf sie fällt. So war es doch, oder? Geben sie es zu dann wird der Richter etwas milder urteilen. Ein eindeutiges Geständnis erspart ihnen viele Jahre Gefängnis."

"Nein, so war es nicht," schrie der Chefkoch und wiederholte sich ein paar Mal. "Ich habe diese Frau nicht vergewaltigt und auch nicht ermordet."

"Wo waren sie denn die eine Stunde unterwegs?" Fragte die Kommissarin sehr laut und energisch. Er sagte: "Wir waren sehr langsam unterwegs, weil der Küchenwagen nicht gelände-gängig ist und zudem sehr schwer. Da muss man sehr langsam fahren, um das Auto nicht zu beschädigen." Er betonte nochmals sehr massiv: "Ich habe diese Frau nicht vergewaltigt und auch nicht ermordet."

Dann wurde der Chefkoch entlassen und die Köchin in den Vernehmungsraum herein gebeten. Es begann die gleiche Standardprozedur. Die Kommissarin wollte von der Köchin nur noch wissen: "Warum haben sie für eine Strecke von der "Luxury Safari Lodge" zur "Natur Safari Lodge" statt dreißig Minuten über eine Stunde benötigt?" Die Antworten der

Köchin waren identisch mit den Aussagen vom Chefkoch. Dann schrie die Kommissarin voller Wucht: "Lügen sie mich doch nicht an, ihr geliebter Chefkoch erzählte da etwas ganz anderes und nun raus mit der Wahrheit, oder wollen sie fünf Jahre ins Gefängnis wegen einer Falschaussage bei der Polizei." Die Köchin hielt dem Druck nicht stand, eingeschüchtert und mit leiser und zitternder Stimme fing sie an zu erzählen: "Wir fuhren los und unterwegs wurde ich nervös und wollte mit meinem heimlichen Liebhaber, dem Chefkoch, Sex haben. Erst wollte er nicht so recht, aber als ich anfing meinen Arbeitskittel langsam zu öffnen und meine prallen großen Brüste, mit den dicken schwarzen Nippeln zum Vorschein kamen, wurde es ihm ganz heiß in der Lendengegend. Er fuhr mitten auf der Stecke zur "Nature Safari Lodge" vom Safariweg hinunter und stellte das Küchenauto hinter ein paar Büschen und Bäumen ab, so dass vorbeifahrende uns nicht sehen konnten. Er sprang eilig aus dem Auto, öffnete dabei seine Hose und lief zur Beifahrertür. Gleichzeitig stieg ich vom Beifahrersitz aus dem Auto, ließ die Tür offen und stützte mich breitbeinig, auf der Erde stehend, mit den Händen auf dem Autositz ab. Da ich sowieso keine Höschen trage, musste er nur noch meinen Arbeitskittel zur Seite schieben, um mich von hinten zu nehmen. Leider kam er gleich zum Höhepunkt und ich war sehr unzufrieden. Deshalb bearbeitete ich sein bestes Stück und er wusste, dass es eine zweite Runde gibt. Diese dauerte recht lange und ich kam dabei sogar zweimal zum Höhepunkt. Erschöpft und ver-schwitzt mussten wir uns erst einmal ausruhen, denn so konnten wir nicht auf der "Nature Safari Lodge" erscheinen. Nach rund zehn Minuten waren wir wieder einigermaßen ent-spannt und hatten alles gerichtet. Dann fuhren wir im klimatisierten Küchenwagen weiter zum Ziel. Das ist die Wahrheit, die reine Wahrheit, deshalb muss ich doch nicht ins Gefängnis, oder?" Fragte die Köchin mit zitternder Stimme und Tränen in den Augen. "Ich habe doch nichts Verbotenes getan, nur dass wir eben noch nicht verheiratet sind."

Nun musste der Polizeichef Herr Saidi schnell eingreifen, denn die junge Kommissarin drohte die Fassung etwas zu verlieren.

Das wollte er vermeiden, zumal sie in solchen Verhören un-trainiert ist. Denn dies ist der erste Mordfall in der Serengeti, in dem auf ihrer Polizeistation ermittelt wird. Deshalb sagte er zu der Köchin: "Das ist sehr vernünftig, dass sie uns nun die Wahrheit gesagt haben, deshalb bekommen sie auch keine Strafe, weder von der Polizei noch vom Gesetz. Und ihre persönlichen Aussagen werden hier streng vertraulich behandelt, deshalb erfährt hier keiner etwas von ihrer Liebelei, auch nicht ihr Arbeitgeber. Dafür stehen wir als Polizei. Ich denke das ist im Moment alles und die zwei netten Streifenpolizisten werden sie gleich zur "Luxury Safari Lodge" zurückfahren. Aber erst unterschreiben sie bitte ihre Aussage und bitten den Chefkoch nochmals herein. Nach dem Gespräch mit ihm können sie dann fahren." Die Köchin unterschrieb ihr Protokoll und ging hinaus, um auf den Chefkoch zu warten, damit sie gemeinsam zurück zur "Luxury Safari Lodge" fahren können.

Der Chefkoch kam wieder in den Vernehmungsraum und der Polizeichef fragte ihn: "Warum haben sie die Polizei schon wieder angelogen." Der Chefkoch sagte: "Ich habe die Wahr-heit erzählt." Der Polizeichef teilte ihm mit: "Die Köchin berichtete uns eine andere Wahrheit und das steht im Protokoll. Der Chefkoch fragte: "Was meinen sie?" Dann kam die Antwort: "Es geht um die dreißig Minuten, in denen sie was ganz anderes gemacht hatten, als nur langsam mit dem Küchenwagen zu fahren. Sagen sie mir bitte die Wahrheit, es bleibt alles hier und ihr Arbeitgeber erfährt nichts davon, aber sie müssen uns die Wahrheit erzählen. Und ich will wissen warum sie gelogen haben." Dann packte auch der Chefkoch aus und erzählte alles im Detail wie die Köchin: "Ich wollte nicht, dass dies publik wird, was soll mein Arbeitgeber denken, ein Verhältnis mit einer Mitarbeiterin, das ist ein NO-GO. Aber bitte glauben sie mir eines, ich habe nichts mit der Ver-gewaltigung und dem Mord von Nadine Müller zu tun. Ja sie hat mir gut gefallen und ich habe mich in sie verliebt, aber deshalb vergewaltige oder morde ich nicht. Auch die alte Geschichte war ein reines Missverständnis und die Frau bekam mit ihrer Aussage vor dem Gericht Recht, obwohl es ganz anders war. Aber sie war einfach glaubwürdiger, weil es eine weiß Frau war und ich nur ein dunkelhäutiger bin, so ist das leider in unserem Staat. Bitte, bitte, glauben sie mir, ich habe nichts mit der Vergewaltigung und dem Mord von Nadine Müller zu tun. Ich möchte nicht schon wieder für etwas bestraft werden, was ich nicht begangen habe, das müssen sie mir glauben." Der Polizeichef bedankte sich für seine Aussage und bat ihm sein Protokoll zu unterschreiben. Dann sagte er noch: "Das mit dem ungerechten Staat wegen schwarz und weiß steht nicht im Protokoll und ich bitte sie, das können sie vielleicht denken, aber sprechen sie das nie wieder aus, schon gar nicht in einer öffentlichen oder staatlichen Institution." Er verabschiedete sich und gab den Streifenpolizisten den Auftrag die zwei Köche wieder zur "Luxury Safari Lodge" zurückzufahren.

Auf der Fahrt zur "Luxury Safari Lodge" hatten die zwei Streifenpolizisten Jabari und Zahir einiges auszuhalten, denn der Chefkoch und seine geliebte Köchin stritten sich die ganze Fahrt hindurch und schrien sich an und machten sich gegenseitig Vorwürfe, weil die Köchin sich nicht an die Vereinbarung hielt und alles über die dreißig Minuten Sex der Polizei erzählte. Immer wieder versuchten die Polizisten um Ruhe zu bitten, aber die zwei Köche waren so in Rage, dass alles nichts half. Auch nicht als die zwei Streifenbeamten lauter wurden und damit drohten, dass sie gleich mitten in der Serengeti aussteigen können, wenn keine Ruhe einkehrt. Kurz vor der "Luxury Safari Lodge" beruhigten sich die zwei Köche ein wenig und verblieben mit der Vereinbarung, dem Besitzer der Lodge und allen Mitarbeitern keinen Ton von ihrem Verhältnis zu berichten und den Sex auf der Fahrt zur "Nature Safari Lodge" ebenso zu verschweigen. Nachdem die Köche aus dem Auto stiegen und die Türen zu fielen, waren die zwei Streifenpolizisten sichtlich erleichtert, denn nun war Ruhe im Auto und sie konnten ihren normalen Tagesaufgaben nachgehen.

Die Polizei startete in der Zwischenzeit einen Aufruf zur Mithilfe der Bevölkerung über die Zeitung "Serengeti News" und verteilte Wurfblätter. Denn viele Menschen in der Serengeti lesen keine Tageszeitung und so erreichte die Bitte um Hilfe deutlich mehr Personen. Denn die Massais haben überall ihre Augen und Ohren und sind gute Beobachter, ganz besonders, wenn sie ihre Herden zum Wasser führen. Zudem wurde eine kleine Belohnung ausgesetzt, um die Bevölkerung zusätzlich zu motivieren. So erhoffte sich die Polizei eine Spur des Täters zu finden, denn die Anstrengungen und Recherchen der Polizeikräfte brachten leider nicht den gewünschten Erfolg.

Die kleine Polizeistation der Serengeti recherchierte in alle Richtungen, da waren die Lodges, die Camps, die Safariguides, die Ranger, die kleinen Dörfer der umliegenden Massaistämme und die Verwaltungen der Nationalparks. Sogar die männlichen Safaritouristen, die körperlich in der Lage waren eine Vergewaltigung durchzuführen, wurden von den Beamten verhört. Die Kommissarin Frau Amani musste sich sogar schlau machen, was es mit dieser Hexenverbrennung und den Brandzeichen auf sich hat. Aber es war zum Verrücktwerden, denn es gab keine einzige brauchbare Spur. Auch nicht nach zwei Wochen harter Ermittlung, die es ermöglichte sinnvoll den Verbrecher zu suchen und ggf. sogar zu überführen.

Der Besitzer der "Luxury Safari Lodge", Ronald Miller, rief bei der Kommissarin an und fragte nach dem Stand der Ermittlungen: "Nun sind schon über zwei Wochen seit dem Mord vergangen und es wird Zeit den Täter zu überführen, denn meine Lodge hat nur noch wenige Gäste aus dem fernen Ausland, wo sich dieser Vorfall noch nicht rumgesprochen hatte. So geht es nicht weiter, die Polizei treibt mich noch in den Ruin, wenn sie nicht schleunigst den Mörder finden. Die Menschen aus dem näheren Umfeld von Tansania oder Südafrika trauen sich nicht mehr in meine Lodge, weil sie Angst haben, insbesondere die jungen hübschen Frauen. Dass ihnen das Gleiche geschehen könnte und sie vergewaltigt werden und anschließend auf dem Scheiterhaufen brennen." Die Kommissarin konnte und durfte nicht viel zu den laufenden Ermittlungen dem Lodgebesitzer mitteilen, nur das was sie im Polizeirevier mit ihrem Chef abgestimmt hatten. Dies erschien

Ronald Miller deutlich zu wenig zu sein und er schimpfte auf die unfähige Polizei, die ihn ruiniert, ...

Das kleine Polizeirevier in der Serengeti hielt nun jeden Tag ein kurzes Meeting bezüglich dem "Mord am Grumeti River". Diesmal berichtete die Kommissarin über ihre Recherche der Hexenverbrennung und warum Brandzeichen auf den vergewaltigten Körpern zu finden sind: "Im Mittelalter war dies in ganz Europa ein gängiges Verfahren, für Menschen die als ungläubig erklärt wurden und mit dem Teufel gemeinsame Sache machten. Aber auch weit vor dieser Zeit und danach gab es noch die Verfolgung und Hinrichtung der sogenannten Hexen. Oft wurden Menschen beider Geschlechter sehr lange beobachtet und wenn ein Mensch etwas konnte, was keiner verstand, bei den damaligen Behörden unangenehm auffällig wurde, oder nur der Neid der Nachbarn vorhanden war, dann wurden schnell diese Menschen als Hexe bezeichnet. Damals hatte die Kirche die Hoheit für solche Fälle und es waren oft Menschen mit psychischen Verletzungen oder Problemen die hochgradig gefährlich lebten. Ebenso pubertäre Schüler, frühreife Mädchen, Schwermütige mit Depressionen, hysterische oder über ihre Vergewaltigung klagende Frauen, im Umgang mit dem Gesinde pedantisch auftretende Adlige. Sie alle konnten den Verdacht auf sich ziehen, Buhlen des Teufels zu sein und in dessen Auftrag Schadenszauber zu verüben. Es gibt auch Beispiele dafür, dass aus Vergewaltigungsprozessen, die zur Bestrafung der Täter eröffnet wurden, im Verlauf des Gerichtsverfahrens daraus Hexenprozesse gegen die vergewaltigten Frauen abgehalten wurden. Auch Selbstanzeigen und Selbstbezichtigungen von psychisch kranken Frauen kamen vor. Selbst wenn angesehene Zeugen diese Selbstbezichtigungen widerlegten, wurde das Verfahren nicht beendet. Die Kirche war in der Regel die Instanz, die ungläubige und die bereits genannten Fälle verfolgte, vor Gericht brachte und verurteilte. Es wurde immer ein "guter und ordentlicher Prozess" vor der Hexenverbrennung durchgeführt. Die Zeugen hatten oftmals eigene Interessen die Personen zu beseitigen, wurden massiv unter Druck gesetzt oder sogar gefoltert, um vor Gericht ganz absurde Dinge zu bezeugen.

Beliebt war damals das die bösen Hexen, meist sehr hübsche Frauen die sich sexuell verweigerten, die Männer verführten oder gar geheime Versammlungen mit dem Teufel hielten, auf einem Besen durch die Luft davon ritten, oder sonst irgendwelche unerklärliche Dinge taten. Die Menschen wurden vor dem kirchlichen Gericht verurteilt und auf dem Scheiterhaufen verbrannt, um den Teufel aus den Leibern zu drängen. Die Brandzeichen mit dem Kreuz im Ring wurden zur Unterstützung der erzwungenen Falschaussagen zur Teufelei oder um die Ungläubigkeit aus den Körpern zu verbannen und die Menschen auf den richtigen Glaubensweg zu führen. So wurden die Frauen mit frischen Brandzeichen auf ihrer Stirn, über der Brust auf der Herzseite und im Schambereich gezeichnet. Zusätzlich vergewaltigte man diese Frauen mehrfach, um eben mit diesen Prozessen den Teufel aus den verdorbenen Leibern zu treiben. Wenn das alles nichts nütze und kein Geständnis oder Einsicht von der Verklagten kam, dann wurde diese auf dem Scheiterhaufen verbrannt. Die Folter verlief früher oft über mehrere Monate und die Menschen waren teilweise so davon gezeichnet und verstümmelt, dass sie kaum noch zu erkennen waren. So sehnten sich viele nach dem Tod, um die schmerzhafte Folter nicht weiter ertragen zu müssen und gestanden den Pakt mit dem Teufel, was ebenfalls zur Hexenverbrennung führte. Es war eine sehr traurige und ungerechte Vergangenheit, da können alle Menschen froh und glücklich sein, dass wir heute gute und gerechte Gerichtsverfahren haben." Das war der Kommissarin ihr Schlusssatz zu diesem Thema.

Der Polizeichef Herr Saidi bedankte sich bei der Kommissarin für die gründliche Recherche und die gute Präsentation über dieses unangenehme Thema der Hexenverbrennung und der Brandzeichen. Dann fragte er in den Raum: "Warum ist unter den Fingernägeln des Opfers alter Menschenkot zu finden? Wurde Nadine Müller vielleicht irgendwo festgehalten, mit Brandzeichen gefoltert und zudem furchtbar vergewaltigt, wo sich so ein alter menschlicher Kot befindet? Dies könnte zum Beispiel in einer unsauberen Toilette der Fall sein, oder in einem Raum, in dem früher schon Menschen eingesperrt wurden und dort der alte Kot liegt. Vielleicht gab es hier schon früher solche Morde, die nur keinem aufgefallen sind, weil zum Beispiel die Toten von den wilden Tieren restlos gefressen wurden. Ist es gar ein Serienmörder, der jetzt das erste Mal auffällig wurde? Wir müssen diesen Ort der Folter schnell finden, um den Vergewaltiger und Mörder zu überführen und dafür sorgen, dass dies nie wieder in der Serengeti vorkommt."

Am Ende des Meetings wurde auf der Polizeiwache der Serengeti beschlossen, dass der Chefkoch weiter beschattet wird, so gut es eben mit der kleinen Besatzung möglich ist. Zudem werden im Umkreis von fünfzig Kilometer alle leer-stehenden Häuser, Hütten, alte Hotelanlagen, Lodges, Camps, usw., nach Räumen untersucht, die für so etwas in Frage kommen. Es muss Spuren von diesem Folterraum geben. Die müssen wir unbedingt finden, um den Täter zu greifen.

Insgeheim hoffte der Polizeichef und seine Kommissarin, dass es sich nicht um einen Serienmörder handelt, denn das über-steigt die Kapazität auf dieser kleinen Polizeiwache und vom Hauptquartier in Arusha bekommen sie keinerlei Unterstützung.

Nach fast zwei Monaten Recherche und intensiver Polizeiarbeit wurde immer noch keine heiße Spur gefunden, um den Mörder dingfest zu machen. Auch die Flugblätter, Anzeigen in den Tageszeitungen, usw. brachten nicht den erhofften Erfolg. So langsam verblasste der Mord und die Besucher kamen wieder in die Lodges und Camps, um auf den Safaris, mit den geschulten Guides, die fantastische Landschaft und dessen interessante Tierwelt der Serengeti beobachten zu können. Sogar junge Familien und allein reisende Frauen trauten sich wieder in die Serengeti. Die Betreiber der Lodges und Camps in der Serengeti waren etwas zufriedener und sahen ihre Zukunft wieder positiver.

Auf dem "Old Safari Camp" und dem "Lion Safari Camp" war richtig was los und die fast ganz ausgebuchten Plätze erfreuten dessen Besitzer. Ganz im Gegenteil zur Luxury Safari Lodge", denn hier war immer noch ein wenig Zurückhaltung angesagt, aber auch Ronald Miller war inzwischen wieder zufrieden mit seinen Einnahmen. Dies gilt auch für die "Natur Safari Lodge", die es nicht so hart traf wie anfangs auf der "Luxury Safari Lodge", gleich nach dem Mord.

Die männlichen Massais verdrehten ganz schön die Köpfe nach den jungen hübschen Frauen, ganz besonders gefiel ihnen die schwarzhaarige Eva Braun aus Hamburg. Weil die achtundzwanzigjährige hübsche Frau mit ihrem langen gewellten Haar, dem schönen filigranen Engelsgesicht, das nicht nur wunderschöne sinnliche Lippen hervorbrachte, sondern auch eine kleine schmale Stubsnase. Am allerbesten gefiel den jungen Männern der Massais aber die schlanke sportlich Figur und die wunderschönen strammen, runden und gewaltig großen Brüste. Denn bei den Massais gilt die Regel, junge Mütter mit großen Brüsten sind sehr gebärfreudig und können ihre Kinder bestens mit Milch versorgen. Das machte die Männer ganz wuschelig und diese wunderschöne Frau war auch noch Single. Jeder im "Old Safari Camp" versuchte sein Glück, um auf die eine oder andere Art bei dieser Ausnahmefrau zu landen. Die alte Eigentümerin des Camps, Emely Jones, schmunzelte und amüsierte sich immer darüber, denn sie dachte dabei an ihre Jugend und sah sich ein wenig in dieser jungen Frau Eva Braun. Sie hatte zwar keine schwarzen Haare, dafür in ihrer Jugend aber wunderschönes rotes langes Haar und ihre Oberweite war damals mindestens so groß wie die der jungen deutschen Frau aus Hamburg. Die jungen Massais rannten ihr deshalb auch immer hinterher, aber damals hatte sie noch ihren Gatten, der immer ein Auge auf sie warf und aufpasste. Außerdem würden sich die jungen Männer der Massais niemals wagen eine junge europäische Frau zu belästigen, oder gar zu begrapschen. Das lässt ihr Kriegerstolz nicht zu und sie würden in ihrem Stamm in maximale Ungnade fallen. Aus diesen Gründen amüsiert es die Besitzerin Emely Jones so sehr, weil das die jungen Damen nicht wissen.

John Moore hatte Glück und seine Nachtsafari war komplett ausgebucht, diesmal sogar mit lauter jungen Menschen. Dazu gehörte u.a. auch die attraktive Eva Braun. Es machte ihm Spaß den jungen Menschen seine Serengeti in der Nacht zu zeigen. Dort sah man nah am Fluss die Flusspferde auf den Wiesen der Savanne grasen, oder die Löwen, Hyänen und Wildhunde bei der Jagd auf ihre Beutetiere. Die grauen Riesen standen oder lagen um sich auszuruhen, die Büffel schliefen ebenso oder kauten nochmals in Ruhe ihr Gras, das sie aus dem Magen hervorwürgten. Die Welt in der Nacht war eine ganz andere als bei Tag, das faszinierte die Menschen. Zudem ist das Klima in der Nacht richtig angenehm und so kommt man nicht ins Schwitzen, wie z.B. am Tag. Vor dem Mittagessen und pünktlich vor dem Gottesdienst des katholischen Pfarrer Oliver Williams, mit seinem Messner Jimmy Black, war die Safaritour zurück auf dem Gelände des "Old Safari Camps". Das war der Besitzerin wichtig, denn jeder gute Katholik sollte die Möglichkeit haben in den Gottesdienst gehen zu können. Da die hübsche Eva Braun nichts von der Kirche hielt, ging sie lieber zum "Fliegenden Händler", der gerade seinen Verkaufs-wagen öffnete. Denn sie wollte ein kleines Souvenir erwerben, das dieser Händler in seinem Transporter anbot. So hatte sie es von Teilnehmern auf der Nachtsafari zufällig erfahren.

Danach machte sich Eva Braun erst mal frisch und nahm auf ihrem Zimmer eine entspannte Dusche, um den Staub von der Nachtsafari abzuspülen. Anschließend freute sie sich schon auf das Mittagessen im "Old Safari Camp", denn es gab heute gegrilltes Lamm vom Holzgrill mit leckeren Bratkartoffeln und einem frischen Salat. Das war eines ihrer Lieblingsgerichte. Alle Teilnehmer der Nachtsafari erschienen pünktlich zum Essen, weil die Fahrt anstrengend war und die Teilnehmer sehr hungrig machte. Die Besitzerin des "Old Safari Camps" kam auch zum Mittagstisch, dabei erzählte sie immer spannende und interessante Geschichten von ihrem außergewöhnlichen Leben. Ihr Chefmanager Billy zeigte was so alles in einen richtigen Massai hinein passt, denn er konnte so viel wie kein anderer in dem Camp essen. Es ging lustig und interessant beim Mittagessen zu, aber das frühe Aufstehen und die anstrengende Nachtsafari forderte ihren Tribut. Deshalb gingen die meisten in ihre Zelte um ein paar Stunden Schlaf nachzuholen. Eva Braun wollte nicht gleich schlafen, sondern drehte noch eine Runde zu Fuß um das Camp, weil sie nochmal ein Souvenir beim "Fliegenden Händler" für ihre Mutter kaufen wollte und um sich anschließend die Beine zu vertreten. Damit wollte sie ihrer Verdauung helfen, denn durch das lange Sitzen im Jeep während der Nachtsafari war der Organismus etwas durcheinander und träge. Danach freute sie sich auch auf ein wenig Schlaf in ihrem Zelt.

Bevor sie den "Fliegenden Händler" erreichte, traf sie Emely Jones und unterhielt sich ein paar Minuten mit ihr, weil sie das Leben von der alten Dame so interessant und spannend fand. Die zwei gingen wieder auseinander und dann war sie auch schon beim "Fliegenden Händler" Lethabo Dlamini. Der freute sich riesig so eine hübsche Frau ein zweites Mal zu sehen und weil sie nochmals ein Souvenir bei ihm kaufen wollte. Eva Braun schaute sich alle Ausstellungsstücke an, dabei beugte sie sich immer wieder, um die Ausstellungsstücke besser sehen zu können. Lethabo Dlamini war über das was er da sah hoch erfreut, denn ihre prächtigen und voluminösen weißen Brüste waren so schön anzuschauen. Er versuchte sie lange an ein Gespräch zu binden, damit er diesen bezaubernden Anblick auf ihre pralle Oberweite genießen konnte und um sich an sie ran zu machen, denn ihm gefiel diese wunderschöne Frau sehr gut. Nach dem Kauf des Souvenirs drehte sie weiter eine große Runde um das Camp und beobachtete einige wilde Tiere.

Es war heute um die Mittagszeit in der Serengeti so heiß, dass auch die Massais im "Old Safari Camp" ein kleines Nickerchen benötigten, zumal ihre Mägen vom guten gegrillten Lamm voll waren. Deshalb nickte einer nach dem anderen ein, bis es total ruhig im Camp war. Nur das Schnarchen aus einigen Zelten war zu hören und der zarte Gesang einiger Vögel, die noch nicht zur Mittagsruhe gefunden hatten.

Auf der Polizeiwache ging es nicht so entspannt zu, denn die Kommissarin machte sich Sorgen, weil der Mörder immer noch nicht gefasst wurde. Sie hatte Angst, dass dieser Unmensch keine Ruhe gibt und vielleicht nochmals ein Opfer sucht, um eine Frau erneut zu quälen, zu vergewaltigen und am Ende wieder auf dem Scheiterhaufen zu verbrennen. Oder sich diesmal vielleicht etwas Neues Perverses ausdenkt. Sie dachte auch an die Aussagen ihres Chefs, denn irgendwo im nahen Umfeld muss der Mörder Nadine Müller festgehalten haben und in der Serengeti geht das nur in einem festen und sicheren Gebäude, sonst würden die wilden Tiere der Savanne die Arbeit der Beseitigung übernehmen. Es gibt nicht so viele Gebäude in der Umgebung, da sollten wir doch den Raum finden und die darin enthaltenen Spuren, die auch zum Täter führen. Es wurden doch alle Gebäude geprüft! Es ist zum Verrücktwerden, wo hat dieser Perverse seinen Folterraum? "Ich will das Schwein haben," sagte sie leise voller Wut und Zorn.

Beim Abendessen im "Old Safari Camp" nahmen wieder alle Teilnehmer der Nachtsafari teil, weil sie sich den fehlenden Schlaf der Nacht am Nachmittag zurückholten. Nur Eva Braun erschien nicht, deshalb machte sich Emely Jones persönlich auf den Weg, um in ihr Zelt zu schauen und sie gegebenenfalls zu wecken. Das leckere Essen sollte sie nicht verpassen, zumal ihr Koch vom Stamme der Massai was ganz leckeres auf dem Grill anbot. Es gab frisches Gnu am Spieß und gebratenen Reis. Eva Braun meldete sich nicht und deshalb ging die taffe Chefin Emely Jones in ihr Großraumzelt hinein. Sie sah sich um und stellte zu ihrem Schrecken fest, dass Eva Braun nicht im Zelt war und auch ihr Bett nicht nutzte, denn es war noch ganz frisch hergerichtet. Sie schaute vorsichtshalber noch im Büro und auf den öffentlichen Duschen und Toiletten für die Zeltgäste nach, aber die junge hübsche Frau war nirgends zu finden. Weil Emely Jones wusste, dass keine Safaritour auf dem Programm stand, musste Eva Braun hier irgendwo in der Gegend sein. Vielleicht ist sie gestürzt oder hat sich beim Spaziergang verletzt, so dachte es sich die Chefin des Camps. Weil es demnächst dunkel wird, rief sie schnell alle Massais vom Camp zusammen, bis auf den Koch und machte folgende Ansage: "Ihr sucht die hübsche Eva Braun, denn sie ist nicht auf dem Platz unseres Camps. Vielleicht hat sie sich verletzt und braucht unsere Hilfe. Bitte sofort ausschwärmen und die junge Frau suchen, auch etwas weitläufiger um das Camp, denn sie beobachtete immer gerne die wilden Tiere der Serengeti. Ihr müsst sie finden, bevor es dunkel wird, nicht dass noch etwas Schlimmes passiert." Nur die Besitzerin und der Koch gesellten sich am Grillplatz nieder, um die Gäste bei guter Laune zu halten und um mit ihnen gemeinsam zu essen. Die Safarigäste auf dem Camp bekamen von der Suchaktion nichts mit, denn die Chefin wollte keine Unruhe oder gar Angst stiften, deshalb sagte sie ihren angestellten Massais abseits der Gäste Bescheid.

Nach über drei Stunden erfolgloser Suche kamen die Massais wieder zum Camp zurück. Einer der durchtrainierten Männer lief sogar zum naheliegenden Dorf der Massai und schaute sich auf dem Platz und in den Hütten um, bzw. gab im Dorf Bescheid, falls Eva Braun dort auftauchen sollte. Die Männer waren relativ nervös und befürchteten das Schlimmste, denn in der Nacht ganz alleine in der wilden Serengeti und das als unerfahrener Tourist, dass geht oftmals nicht gut aus. Für einen Massai oder dessen Familien wäre das kein Problem, denn sie kennen die Gesetze der Natur und können sich danach richten.

Emely Jones rief nach dieser schlechten Nachricht sofort bei der jungen Kommissarin an, denn sie hatte ihre private Telefonnummer auf der Visitenkarte der Polizistin. Auf der kleinen Polizeiwache der Serengeti brauchte sie es nicht zu versuchen, weil diese schon ab siebzehn Uhr geschlossen ist. Sie erreichte die Kommissarin sofort und erzählte ihr alles und sendete ihr zugleich ein Foto von Eva Braun zu. Weil die junge Eva Braun optisch perfekt in das Beuteschema des Perversen passt, wollte die Kommissarin mit einer Suchaktion nicht warten und versprach sofort am nächsten Morgen im Camp zu erscheinen. Sie bat um Mithilfe der ortskundigen Massais, falls die Vermisste bis dahin nicht gefunden wird. Die Kommissarin bedankte sich für den frühzeitigen Anruf und legte danach das Telefon auf. Emely Jones machte sich große Sorgen und teilte diese mit ihrem Manager des Camps.

Die Kommissarin rief ihren Polizeichef sofort nach dem Telefonat mit Emely Jones an und erzählte ihm alles. Sie schlug vor: "Ich fahre sofort morgen früh dort hin, um die vermisste Eva Braun mit Hilfe der Massais zu finden. Das habe ich mit der Besitzerin des Camps schon abgesprochen, auch wenn noch keine vierundzwanzig Stunden nach der Vermisstenmeldung vergangen sind und noch keine Vermisstenanzeige gestellt wurde. Sie passt von der Optik und dem Alter genau in das Beuteschema des Mörders von Nadine Müller. Weil sie auch so hübsch, schlank und sportlich ist, zudem so eine übergroße Oberweite besitzt. Ist das für sie okay, Chef?" Der Polizeichef Herr Saidi war einverstanden, aber sagte noch zu ihr: "Bitte nehmen sie die zwei Streifenpolizisten mit, denn sie gehen mir nicht ohne Begleitung in die Serengeti, das ist mir zu gefährlich. Schließlich habe ich eine personelle Verantwortung als ihr Vorgesetzter. Sie waren erst vor kurzem sehr leichtsinnig und in der Nacht alleine in der Savanne unterwegs." Nach kurzer Diskussion wurde das Telefonat beendet.

Am nächsten Morgen verglichen die Polizisten nochmals alle Daten von Nadine Müller und Eva Braun. Sie waren sich sehr ähnlich und könnten Geschwister sein, nur dass Eva Braun schwarze Haare, statt blonde Haare wie Nadine Müller, trägt. Das Opferprofil passt ganz exakt. Wenn diese junge hübsche Frau auch wieder verschwindet, dann haben wir es vielleicht mit einem perversen Serienmörder zu tun. Der Polizeichef sagte zu seinem Team: "Bitte nehmen sie ihre schusssicheren Westen mit, die Gewehre, den Fotoapparat und alles was sonst noch für einen Tatort benötigt wird. Bitte sind sie vorsichtig, dieser Mann könnte sehr gefährlich sein. Falls Eva Braun nicht gefunden wird, fragen sie alle Anwesenden in dem Camp wo sie gestern waren, wer dort war und mit wem Eva Braun als Letztes zusammen war. Viel Erfolg, ich halte hier die Stellung und erwarte über Polizeifunk auf dem Laufenden gehalten zu werden."

Nachdem alle von der Polizeistation eiligst abfuhren und etwas Ruhe einkehrte, überlegte sich Herr Saidi ob er den Chef des Polizeihauptquartiers in Arusha anrufen sollte. Er verwarf den Gedanken jedoch schnell wieder, denn er hörte noch die Schelte vom letzten Anruf, bei dem er Verstärkung vom Hauptquartier einforderte. Er würde sowieso nur auf mir rumhacken und mich beschimpfen, aber keinen einzigen Polizisten zur Verstärkung senden. Dieses Telefonat kann ich mir wirklich sparen, so waren seine Gedanken.

Als die Polizisten im "Old Safari Camp" ankamen, bildeten sie nach einer kurzen Begrüßung, sofort mehrere Suchtrupps, um die Vermisste Eva Braun zu suchen. Nur die alte Emely Jones und ihr Koch blieben im Camp. Sie bekamen noch Unterstützung vom naheliegenden Dorf der Massais. So konnten sie viele ortskundige und sehr gute Fährtenleser in die Suchteams integrieren. Es wurde vereinbart, dass alle spätestens wieder um zwölf Uhr zur Mittagszeit im Camp sind. Bevor die Suchtrupps starteten, gab es noch eine ganz klare Ansage der Kommissarin: "Keiner der Gäste, Mitarbeiter und sonstige Personen verlassen das Camp, bevor sie zum Thema Eva Braun von der Polizei befragt wurden."

Es war an diesem Morgen wieder sehr heiß in der Serengeti und die Polizisten schwitzten in ihren Uniformen, zumal sie noch die schusssichere Weste anziehen mussten. Die Massais hingegen liefen in ihrer traditionellen Kleidung, die im Wesentlichen nur aus einem luftigen Tuch und den Sandalen bestand. Das einfarbige rote oder rot-blau karierte Tuch wurde leger um den Körper getragen. Zur Verteidigung hatten alle ihre kurzen Speere, ein Messer und eine ganz spezielle Kurzwaffe, in Form einer hölzernen Holzkeule mit einem einseitigen spitzen Dorn, dabei. Die Massais schwitzten nicht in ihrer Kleidung, denn sie war für dieses Wetter bestens geeignet. Die jungen und hageren Männer sind zudem das Laufen in der

Savanne ohne Kopfbedeckung gewöhnt und könnten dies den ganzen Tag aushalten, ohne eine sichtbare Erschöpfung zu zeigen.

Nach über vier Stunden Suche trafen alle Trupps pünktlich in das "Old Safari Camp" wieder ein. Emely Jones hielt schon kühle und erfrischende Getränke zum Empfang bereit und ließ von ihrem Koch ein paar leckere Stücke vom jungen Gnu grillen. Dazu kredenzte der Koch das traditionelle und ganz frische Fladenbrot. Alle saßen um das Lagerfeuer und aßen zusammen, dabei lobten sie immer wieder den Koch der Massais über das hervorragende Mittagessen. Noch während dem Essen wurden die Ergebnisse der Suchaktion ausgetauscht. Leider war überhaupt nichts zu finden, keine Fußspuren, keine Kleidungsstücke, Haare oder hängengebliebene Stoffstücke an den dornigen Büschen. Einfach nichts und die Massais sind wahre Profis im Aufspüren von Tieren und Menschen. Es war nicht nur ernüchternd, sondern beängstigend, weil sich der Verdacht einer Entführung von Eva Braun verhärtete.

Die Polizei verhörte anschließend alle Personen im Camp, so wie es am Morgen beschlossen wurde. Dabei kam lediglich heraus, dass der "Fliegenden Händler" Lethabo Dlamini Eva Braun als Letztes sah und mit ihr gesprochen hatte, beziehungsweise sehr heftig flirtete. Beobachter bemerkten wie scharf Lethabo Dlamini auf Eva Braun war und immer wieder tief in ihren Ausschnitt schaute, um ihre schönen großen weißen Brüste zu begaffen. Der Single Lethabo Dlamini versuchte sie von sich zu überzeugen, um mit ihr anzubändeln. Dazu nutzte er ein langes Verkaufsgespräch über die Souvenirs in seinem Transporter.

Die Kommissarin rief alle umliegenden Camps und Lodges an, um heraus zu finden, wo der "Fliegenden Händler" Lethabo Dlamini sich gerade aufhält. Schon nach kurzer Zeit ermittelte sie, dass er im "Lion Safari Camp" ist und teilte dem Eigentümer des Camps mit, dass er dort unbedingt auf sie warten soll. Peter Kleinschmidt lief direkt mit seinem Handy zum

"Fliegenden Händler" Lethabo Dlamini und gab es ihm, damit er direkt mit der Kommissarin sprechen konnte. Die Kommissarin Frau Amani freute sich, denn so konnte sie gleich den "Fliegenden Händler" auf ihrem Rückweg vernehmen. Lethabo Dlamini versprach der Kommissarin im "Lion Safari Camp" auf sie zu warten.

So fuhren die Streifenpolizisten und die Kommissarin direkt zum "Lion Safari Camp", um möglichst früh dort zu sein, denn die Fahrstrecke beträgt circa eine Stunde. Kurz nach dem Start rief Peter Kleinschmidt bei ihr an und teilte ihr mit: "Der "Fliegenden Händler" Lethabo Dlamini packte ganz hastig, direkt nach ihrem Telefonat, sein Verkaufsstand zusammen und fuhr eilig Richtung "Luxury Safari Lodge". Sie bedankte sich für den Anruf und teilte ihren zwei Kollegen, über Funk im Streifenwagen mit: "Der "Fliegende Händler" flüchtet in Richtung "Luxury Safari Lodge", bitte sofort verfolgen und festnehmen. Ich komme so schnell wie möglich hinterher."

Die Streifenpolizisten Jabari und Zahir zögerten keine Sekunde und nahmen die Verfolgung in rasanter Fahrt auf. Sie verkürzten die Strecke, indem sie direkt, ohne über das "Lion Safari Camp", in Richtung "Luxury Safari Lodge" fuhren. Den zweien machte diese Verfolgungsfahrt sichtlich Spaß und sie riskierten alles, um möglichst schnell den "Fliegenden Händler" einzuholen.

Es dauerte nicht lange und der "Fliegenden Händler" Lethabo Dlamini fuhr vor ihnen, denn er konnte mit seinem vollen Transporter nur sehr langsam auf den unbefestigten Straßen fahren. Über die Anzeige des Polizeiautos ließen sie im Streifenwagen den Stopp auf der Leuchtfläche über dem Dach anzeigen, zusätzlich forderten sie den Flüchtenden über Lautsprecher auf anzuhalten. Lethabo Dlamini fuhr einfach weiter, er erhöhte sogar noch seine Geschwindigkeit. Die zwei Streifenpolizisten überholten den "Fliegenden Händler" und stoppten das flüchtende Fahrzeug, sprangen aus dem Streifenwagen und richteten ihre Dienstpistolen auf den Fahrer und forderten ihn auf: "Kommen sie sofort mit erhobenen Händen aus ihrem Fahrzeug und stellen sich breitbeinig davor, die Hände bleiben oben." Verängstigt stiegt der Fahrer des Transporters langsam aus und rief: "Bitte nicht schießen, ich komme raus. Bitte nicht ich komme ja schon."

In der Zwischenzeit kam die Kommissarin in ihrem Dienstwagen und stellte ihn hinter den Transporter ab, stieg aus und zog ebenfalls ihre Dienstwaffe, um sie auf den Flüchtenden zu richten. Dann sagte sie: "Wir fahren sofort auf die Polizeistation und sie bleiben schön in der Mitte zwischen unseren Autos. Dann reden wir, was sie mit Eva Braun angestellt haben und warum sie geflüchtet sind. Los geht's und machen sie bloß keinen Unsinn."

Der Polizeichef wurde über Funk über alles informiert, so wie heute Morgen angewiesen. Er bereitete alles im Vernehmungsraum vor und wartete dort auf seine Mitarbeiter. Das Tonband schaltete er auf Aufnahme bereit und stellte zudem Wasser und Gläser auf den Tisch, denn so eine Suche in der Serengeti und eine Verfolgungsjagd macht durstig.

Dem verhafteten Lethabo Dlamini wurden sofort nach dem Ausstieg aus seinem Transporter Handschellen angelegt. Danach das Auto untersucht, in der Hoffnung Eva Braun könnte dort versteckt sein. Anschließend brachte die Polizei ihn in den Vernehmungsraum der kleinen Polizeistation der Serengeti.

Alle Polizisten der Wache waren im Vernehmungsraum und die Kommissarin eröffnete mit einer scharfen Frage, nachdem die Formalitäten wie Beruf, Alter, Familienstand, Wohnort, usw. aufgenommen wurden: "Was haben sie mit Eva Braun angestellt und wo haben sie sie versteckt? Warum sind sie mit dem Transporter geflüchtet? Raus mit der Sprache oder wir lochen sie hier ein." Natürlich wusste sie, dass dies nicht möglich wäre, wenn er sie tatsächlich entführt hätte und nicht sagt wo, aber sie wollte ihn unter Druck setzten. Der

"Fliegenden Händler" Lethabo Dlamini war noch ganz geschockt, denn er war sich keiner Schuld bewusst. Er beantwortete die Fragen der Kommissarin: "Ich habe der Eva Braun nur zwei Souvenirs verkauft, das war alles. Weggefahren vom "Lion Safari Camp" bin ich nur, weil ich vergaß ein wichtiges Geschäft auf der "Luxury Safari Lodge" zu erledigen, das ich einem Kunden versprach. Deshalb beeilte ich mich so. Die Polizei hinter mir habe ich nicht gesehen, weil mein Transporter so viel Staub auf den unbefestigten Straßen aufwirbelte. Ich habe nichts angestellt, das müssen sie mir glauben." Die Kommissarin wurde etwas zornig und fauchte ihn an: "Sie haben Eva Braun so gierig in ihren Ausschnitt geschaut, dass es sogar anderen auffiel und extra lange mit ihr über Souvenirs verhandelt und sie dabei massiv angebaggert, um sie für sich zu gewinnen. Sie waren scharf auf die hübsche Frau und weil sie sie nicht bekamen, haben sie Eva Braun mit Gewalt entführt und haben sie heute Nacht vergewaltigt und irgendwann wollten sie die Frau auf dem Scheiterhaufen verbrennen, so wie Nadine Müller. Das passt doch in ihre hartnäckige und verbohrte katholische Glaubensrichtung. Sie wollen die "Hexe" bekehren und vom Teufel befreien, so wie sie das des Öfteren schon rumerzählt hatten. Also, wo ist Eva Braun und lügen sie mich bloß nicht an." Lethabo Dlamini antwortete ihr etwas erstaunt und ganz ungläubig: "Ja, ich habe ihr ganz unverschämt in den Ausschnitt geschaut, aber bei den vollen großen und wunderschönen weißen Brüsten würde das jeder Mann tun. Ja, ich finde diese Eva Braun sehr attraktiv und habe mich in sie verliebt und deshalb versuchte ich sie für mich zu gewinnen. Aber sonst habe ich nichts angestellt. Nachdem sie das Souvenir bei mir gekauft hatte, ging sie weiter um eine Runde spazieren zu gehen und dabei die Tiere zu beobachten. Das war alles, mehr war da nicht, das müssen sie mir glauben." Die Kommissarin wollte wieder loslegen, dann übernahm der Polizeichef das Wort und sprach zum "Fliegenden Händler": "Wenn sie uns Eva Braun gesund ausliefern, dann werde ich persönlich ein gutes Wort beim Richter für sie einlegen und ihre Strafe wird mild ausfallen. Also reden sie nun, wo ist Eva Braun." Er antwortete: "Ich weiß es nicht. Ich kann ihnen nicht helfen. Ich kann leider nicht mehr sagen, als wie schon mitgeteilt." Jeder versuchte noch etwas vom "Fliegenden Händler" Lethabo Dlamini rauszuholen. Aber da war nichts zu machen. Entweder kann er sich sehr gut verstellen und ist ziemlich abgebrüht, was als Verkäufer nicht selten vorkommt, oder er hat tatsächlich nichts damit zu tun. Letztendlich konnte er nicht überführt werden und wegen mangelnder Beweise musste er wieder frei gelassen werden. Der Kommissarin gefiel das überhaupt nicht.

Inzwischen war es schon recht spät und alle Polizisten gingen ziemlich unzufrieden und müde nachhause, denn sie hatten wiedermal keinen Erfolg bei ihrer Fahndung. Trotz ihres guten Einsatzes und der extrem frühen und schnellen Aktionen.

In dieser Nacht konnte die Kommissarin sehr schlecht schlafen, denn sie bekam ständig Albträume und es gelang ihr nicht aus dieser Spirale des Traumes über Hexen, Scheiterhaufen, Verbrennungen, dem Teufel und den vielen Vergewaltigungen zu kommen. Immer wieder kam ein Opfer dazu und es nahm einfach kein Ende, weil die Polizei versagte und den Mörder nicht ausfindig machen konnte. Am nächsten Morgen war sie froh, dass der Tag anbrach und sie zur Arbeit gehen konnte.

Die kleine Polizeistation hatte wieder einen Vermisstenfall mehr und auch dieser wurde im gemeinsamen Morgenmeeting besprochen. Sie fassten nochmals alles zusammen, erstellten Schaubilder, Soziogramme, und nutzten alles was es an Recherchemöglichkeiten gab. Der Polizeichef teilte die Arbeit ein, so bestimmte er: "Frau Amani, sie verständigen die Eltern der Eva Braun und beschaffen eine ordentliche Vermisstenanzeige, danach beschatten sie den "Fliegenden Händler", aber nur tagsüber, denn für die Nachtschicht haben wir nicht genug Kapazität. Die zwei Streifenpolizisten erledigen ihre Routinefahrt und beschatten den Chefkoch. Ich hätte sehr gerne Verstärkung für unsere wichtige Arbeit vor Ort, aber der Polizeichef vom Hauptquartier will oder kann uns hier leider nicht unterstützen. Bitte halten sie mich mit ihren Ermittlungen auf dem Laufenden. Vielen Dank und gutes Gelingen."

Es passierte nichts wirklich nennenswertes, trotz der intensiven Beschattung der Hauptverdächtigen. Alle hofften, dass es vielleicht wirklich nur eine Vermisstenmeldung ist und sich der Fall Eva Braun als harmlos heraus stellt.

Nach der dritten Nacht der vermissten Eva Braun meldete sich am frühen Morgen die Besitzerin Emely Jones des "Old Safari Camps" bei der Kommissarin Frau Amani. Und teilte ihr sehr aufgeregt mit, was ihre Massais am frühen Morgen entdeckten: "Südlich von unserem Camp sah einer meiner Massais ein Feuer am Grumeti River, als sie zu zweit mit dem Jeep von der Tankstelle zurückfuhren. Sofort eilten sie hin und löschten das Feuer mit dem Feuerlöscher vom Auto. Es war wieder ein Scheiterhaufen mit einem Pfahl in der Mitte, an dem eine Frau, mit den Armen nach oben gefesselt wurde und mit den Füßen auf dem Brennholz stand. Die Frau war schon tot als meine Massais sie vom Pfahl schnitten und auf die Erde legten. Ich habe die Frau noch nicht gesehen, aber meine Jungs haben mir gesagt, dass es Eva Braun ist, denn sie war wohl bis etwa zum Unterleib verbrannt und so konnten sie das schöne Gesicht noch gut erkennen. Sie hat auch diese Brandzeichen mit dem Kreuz im Ring auf der Stirn, auf der Brust der Herzseite und im Schambereich. Die Kommissarin forderte Emely Jones auf: "Bitte teilen sie ihren zwei Massais mit, dass sie am Tatort warten sollen und die Leiche bewachen, bis wir von der Polizei eintreffen. Ansonsten bitte alles so belassen wie es war, denn dies ist für die Spurensicherung von äußerster Wichtigkeit. Frau Emely Jones, bestätigte dies und rief über Funk anschließend ihre zwei Massais an und gab die Anweisungen der Polizei weiter, dann war das Gespräch beendet.

Die Kommissarin unterrichtete kurz ihren Polizeichef Saidi und besprach das weitere Vorgehen, zum Mord an Eva Braun, mit ihm ab. Er gab ihr wieder mit auf den Weg, bitte nehmen sie die Spiegelreflexkamera mit und machen vom Tatort Fotos und vergessen sie nicht zwei Sicherungskreise mit dem rotweißen Folienband um die Leiche und um den gesamten Tatort zu legen, wie im letzten Fall mit Nadine Müller. Nehmen sie das Großkalibergewehr mit, um die Leiche vor den wilden Tieren zu schützen. Denn sie sollte unbedingt gut erhalten bleiben, damit die Spezialisten aus Arusha eine gute Analyse und einen sicheren Befund zum Mord erstellen können. Weil es sich hier leider wieder eindeutig um einen Mord handelt. Der Polizei-chef teilte ihr als Letztes noch mit: "Ich werde das Spuren-sicherungsteam mit dem Arzt von Arusha zum Tatort senden. Der Vorgang wird genauso bearbeitet wie der Mord an Nadine Müller. Unseren zwei Streifenpolizisten gebe ich Bescheid, die sollen dazu stoßen, um den Tatort abzusichern und den Spezialisten aus Arusha helfen."

In der Zwischenzeit hatten die zwei Massais jede Menge zu tun, damit die Tüpfelhyänen die Leiche von Eva Braun nicht auf-fraßen. Die Tiere kamen immer näher und kreisten die zwei Männer, die den Leichnam bewachten, ein. Weil sie weder Gewehre noch Pistolen mit sich trugen, konnten sie nur Lärm machen um die Tiere zu vertreiben. Der starke Geruch des frischen Blutes und des verbrannten Fleisches trieben die ausgehungerten Tiere immer weiter zur Leiche. Die Gruppe der Tüpfelhyänen war sehr groß und so bekamen die zwei tapferen Massais echte Probleme. Sie brachten sich selber in höchste Gefahr. Die Gruppendynamik und der Überlebenskampf ließ die Tüpfelhyänen so mutig werden, dass sie nur noch ein paar Meter von den zwei Massais und der Leiche entfernt waren. Die Massais nahmen ihre Kurzspeere und gingen auf Ver-teidigungsposition. Wenn auch nur ein Tier noch näher kommt, dann sind sie gezwungen mit den Speeren die angreifenden Tüpfelhyänen abzustechen. Wenn der Kampf zwischen den Massais und den Hyänen erst einmal begonnen hat, dann haben die Männer bei der Überzahl der Tüpfelhyänen extrem schlechte Karten und es könnte sie ihr Leben kosten.

Der Chefmanager Billy und Emely Jones eilten mit einem guten geländegängigen Jeep zur Fundstelle der Leiche, um ihre zwei Massais zu unterstützen, denn sie wusste dass diese Jungs keine Schusswaffen mit sich führten und es nicht leicht ist einen toten Körper, der nach Blut und Fleisch riecht in der

Serengeti am Grumeti River zu verteidigen. Zudem wollten sie sich den Fundort und dessen Umgebung mit eigenen Augen anschauen. Die alte Lady fuhr den Jeep ganz schön flott und ihr Chefmanager Billy war sich nicht ganz sicher, ob das alles gut geht, aber er wollte seine Chefin nicht zu nahe kommen und ließ sie weiter durch das Gelände rasen. Als der Chefmanager Billy die Situation vor Ort mit seinen Massais erkannte, griff er sofort das Gewehr in seinem Jeep aus dem Halfter und schoss ein paar Schuss aus der offenen Scheibe des Geländewagens. Damit wollte er keine Tiere töten, sondern diese nur mit dem Krach vertreiben. Was ihm glücklicherweise auch gelang, denn die Tüpfelhyänen suchten sofort das Weite.

So warteten die vier Personen auf das Eintreffen der Polizei am Tatort und wachten über den Leichnam von Eva Braun. Denn der Chefmanager Billy und Emely Jones erkannten die junge hübsche Frau sofort. Es war ein furchtbarer Anblick, denn ihre Beine waren bis zum Unterleib verbrannt und das frische Blut tropfte immer noch aus den geplatzten Blutgefäßen und verteilte sich im Gras der Serengeti. Kein Wunder, dass dies die wilden Tiere so stark anlockte, dass sie sogar ihre natürliche Scheu vor den Menschen verloren. Sie beschlossen deshalb zwei Feuerstellen um den Leichnam von Eva Braun zu entfachen. Dies hält die wilden Tiere dauerhaft ab und die Polizei kann den Tatort leichter finden.

Emely Jones sah so einiges in ihrem langen Leben, aber dieser Anblick brachte sie an ihre Grenzen. Sie konnte sich nicht mehr halten und fing jämmerlich an zu weinen. Weil sie sich an diese hübsche junge Frau erinnerte, mit der sie so nette Gespräche hatte und zumal ihr die Männer wegen ihres Aussehens und der schönen großen Oberweite so nachstellten. Es erinnerte sie so sehr an ihre eigene Jugend und nun ist sie tot. Nur deshalb, weil irgendein Perverser ein Auge auf sie geworfen hatte und es vermutlich nicht ertrug, dass er sie nicht bekam.

Parallel raste die junge Kommissarin Amani mit ihrem Dienstwagen in die Serengeti Richtung der genannten Koordinaten, die ihr zuvor durchgegeben wurden. Von weitem sah sie die zwei Feuer und die Autos des "Old Safari Camps", die ganz dicht am Grumeti River, südlich des Camps standen.

Ihr Polizeichef Herr Saidi telefonierte nach seinem Einsatzbefehl sofort mit dem Polizeichef vom Polizeihauptquartier in Arusha. Diesmal gab es keine bösen Kommentare am Telefon und er sendete sofort ein Team der Polizei mit Spezialisten und dem Doktor zur Untersuchung des Tatortes. Kraft seines Amtes verlief alles sehr schnell und ein Team konnte sofort starten. Diesmal war der Polizeichef Herr Saidi wieder zufrieden und wollte die scheinbar gute Laune seines Vorgesetzten nutzen und fragte gleich: "So wie es aussieht haben wir nun einen Serienmörder in der Serengeti, wäre es da nicht sinnvoll dass sie uns weitere Polizisten senden und wir eine Sonderkommission bilden, um diesen Fall schnell abzuschließen, nicht dass es noch weitere Morde gibt. Ich beantrage deshalb Unterstützung bei ihnen." Sein Vorgesetzter schaltete sofort um und verfiel in seinen ruppigen alten Ton, den Herr Saidi nur zu gut kannte. Er teilte im laut und harsch mit: "Jetzt fangen sie schon wieder damit an, ich dachte ich habe ihnen das schon beim letzten Gespräch klar und deutlich gesagt, dass es für sie keine Unterstützung für den Mord gibt. Hätten sie ihre Arbeit zuvor besser erledigt, dann gäbe es keinen zweiten Mord. Also machen sie gefälligst ihren Job richtig und finden selber den Mörder. Sie haben doch sonst auf ihrer Polizeistation nichts zu tun. Strengen sie sich mal ein bisschen an und lösen gefälligst selber diesen Fall". Er wartete auf keine Antwort von Herrn Saidi, sondern knallte den Telefonhörer in die Gabel des Telefonapparates, dass es dem Polizeichef Saidi nur so in den Ohren schepperte. Herr Saidi war echt enttäuscht und es ärgerte ihn, dass er überhaupt gefragt hatte, aber was sollte er tun, denn mit dem wenigen Personal ist er nicht in der Lage so einen Serienmörder zu finden und zu verhaften.

Danach rief der Polizeichef Saidi seine junge Kommissarin an und teilte ihr mit, dass die Spezialisten aus Arusha anrücken, um die tatsächliche Ursache des Todes zu ermitteln. Es aber leider sonst keine Unterstützung für eine Sonderkommission für die vermutlichen Serienmorde gibt. Etwas ungehalten sagte er: "Wir müssen diesen Mörder ganz alleine finden."

Nach einem kurzem Gespräch mit den vier Anwesenden Personen am Tatort, sicherte die junge Kommissarin diesen mit rot-weißem Kunststoffband. Einmal um die Leiche und einen zweiten weit-läufigen Ring großzügig um den Fundort. So dass keiner die Spuren verwischen kann und die Spezialisten aus Arusha in Ruhe arbeiten können. Allerdings zweifelte die Kommissarin selber an dieser Sicherung der Spuren, weil die Menschen und Tiere hier schon überall ihre Abdrücke hinterließen. Anschließend schoss sie mit ihrer Spiegelreflexkamera noch ein paar Fotos, um alles zu sichern und zu archivieren. Danach schrieb sie die Aussagen der vier Personen, die am Tatort waren in ihr kleines schwarzes Notizbuch, das sie stets bei sich trug.

Inzwischen trafen auch die zwei Streifenpolizisten der kleinen Polizeistation der Serengeti am Tatort ein. Ihre Aufgabe war es nun die Sicherung der Leiche durch Privatpersonen abzulösen, denn dieser Job gehört zur Polizeiarbeit. Für die Herren Jabari und Zahir war dies ihr zweiter Fall, bei dem es um eine menschliche Leiche geht. Das machte sie nicht mehr nervös, weil sie vom letzten Mord das Vorgehen bereits kannten.

Die zwei Streifenpolizisten Jabari und Zahir empfingen die Spezialisten und den Doktor für die Befundung vor dem Tatort. Das war ihr zweiter Einsatz zu einem Großereignis in der Serengeti. Sofort zeigten die ortskundigen Streifenpolizisten dem Trupp aus Arusha den Fundort und halfen beim Tragen der Gerätschaften und der Koffer zur Fundstelle. Es war wieder das gleiche Team wie beim letzten Mord, so lief alles einfach Hand in Hand.

Das Vorgehen der Spezialisten aus Arusha war das Gleiche wie beim letzten Mord von Nadine Müller. Nach einer kurzen Begrüßung und dem Austausch der Daten und Fakten startete die Spezialeinheit mit ihrer Arbeit. Zuerst wurde alles Drumherum ausgiebig fotografiert und untersucht, danach arbeiteten sie im inneren Kreis um die Leiche. Erst ganz zum Schluss wurde die Leiche untersucht und noch am Fundort fotografiert, dazu standen überall kleine Kunststoffschilder mit Nummern. Diesmal war die Frage nach der Identifikation der Leiche eindeutig, weil viele Anwesende Eva Braun persönlich kannten. Die Leiche der jungen, hübschen Frau Eva Braun war noch recht gut erhalten. Nur an den Beinen bis zum Unterleib wurden starke Verbrennungen festgestellt. Der Tod trat vermutlich heute Morgen durch eine Rauchvergiftung und den Verbrennungen ein. Auch hier sind besonders auffällig die frischen Brandzeichen auf ihrer Stirn, über der Brust auf der Herzseite und im Schambereich. Es sind die gleichen Brandzeichen in Form von einem Kreuz im Ring, wie bei der Leiche von Nadine Müller, zu sehen. Zudem sind Blessuren und blaue Flecken, so wie Blutergüsse im Gesicht und auf dem Oberkörper zu finden. Dies könnte auf einen Kampf oder Spuren einer Vergewaltigung hinweisen, was aber noch im Labor genauer untersucht werden muss. Mehr konnte auf den ersten Blick, vor Ort, nicht erkannt werden. Die genauen Details der Verletzungen muss noch in der Praxis bzw. in der Leichenhalle von Arusha untersucht werden. Dieser Mord an Eva Braun deutet ganz klar auf einen Serienmord hin, noch eindeutiger könnte es nicht inszeniert werden.

Das Spezialistenteam aus Arusha übernahm wieder die restliche Arbeit mit dem Abtransport der jungen Leiche und der detaillierten Obduktion. Die Streifenpolizisten halfen tatkräftig beim Abtransport der Gerätschaften und Taschen. Danach ging jeder wieder seiner Arbeit nach.

Der Pathologe obduzierte die Leiche später ganz genau und bestätigte, dass tatsächlich die junge hübsche Eva Braun, an dem genannten Morgen, auf dem Scheiterhaufen durch den

Rauch des Feuers erstickte und verbrannte. Es fanden mehrere Kämpfe in den letzten drei Tagen vor ihrem Tod statt, so wie dies die Blutergüsse, Blessuren, blaue Flecken auf ihrem Oberkörper und in ihrem schönen Gesicht zeigen und dadurch bestätigen. Die deutlichen Verletzungen im Vaginal- und Analbereich erklären auch hier, wie bei Nadine Müller, dass Eva Braun ebenfalls drei Tage lang mehrfach vergewaltigt wurde. Spermaspuren waren leider keine zu finden, vermutlich benutzte der Täter Kondome. Ebenso fehlten Blutspuren oder Haare vom Täter, so dass eine Identifikation über diese Spuren ausgeschlossen ist. Unter den Fingernägeln waren auch hier viele Partikel von menschlichem Kot. Es war nicht ihr Kot, den der Kot unter den Fingernägeln war schon sehr alt. Was vermutlich durch den Kampf während der Entführung und / oder der mehrfachen Vergewaltigung aufgenommen wurde. Besonders auffällig sind die frischen Brandzeichen auf ihrer Stirn, über der Brust auf der Herzseite und im Schambereich. Diese frischen Brandzeichen sind alle geometrisch gleich und zeigen ein Kreuz mit einem umgebenen Ring. Sie wurden durch ein glühendes Eisen auf den Körper der jungen Frau eingebrannt. Und zwar in jeder Nacht ein Brandzeichen, in der ersten Nacht im Schambereich, dann über der Brust und in der dritten Nacht auf der Stirn. Dies ist eindeutig am Heilungsprozess der Brandvernarbung festzustellen. Es gibt keinen Zweifel, dass das Brandeisen exakt das Gleiche ist wie im Mordfall von Nadine Müller. Das war nun die offizielle Obduktion des Doktors aus Arusha. Anschließend wurde alles im Leichenschein und der Polizeiakte, mit allen Unterlagen, dokumentiert. Der Pathologe gab danach die Leiche für die Beerdigung frei, zuvor ist aber noch eine Identifikation durch die Eltern von Eva Braun vorzunehmen.

Der Polizeichef Herr Saidi bat seine junge Kommissarin Frau Amani per Telefon, die Eltern von Eva Braun über den Tod ihrer Tochter zu informieren, weil sie dies im letzten Mordfall mit Nadine Müller so gut bearbeitete. Die Eltern sollten so schnell wie möglich nach Arusha kommen, um die Leiche ihrer Tochter zu identifizieren und für die anschließende Beerdigung oder den Transport nach Hamburg freizugeben. Ihr Chef meinte mit sehr traurigen Blick: "Frau Amani, machen sie das einfach genauso diskret und professionell wie im Fall Nadine Müller und begleiten die Eltern auch ins Leichenschauhaus. Ich weiß, dass ist kein toller Job, aber er muss leider auch erledigt werden."

Das Telefonat mit den Eltern von Eva Braun verlief sehr ähnlich wie das mit den Eltern von Nadine Müller, nur dass die Eltern von Eva Braun deutlich besser der englischen Sprache mächtig waren, so war es für die junge Kommissarin etwas einfacher. Dennoch kostete es sie viel Überwindung und Kraft, weil sich die Bilder des Mordes und des Tatortes immer wieder in ihrem Kopf abspielten. Zudem hatte die Kommissarin ein schlechtes Gewissen, weil die Polizei erneut versagte und das machte sie sehr traurig, aber auch gleichzeitig zornig. Sie fühlte sich als Versagerin und hatte so ein schlechtes Gewissen, dass sie als Kommissarin diesen Mord nicht verhindern konnte, weil sie den Mörder nicht rechtzeitig fand.

Die Eltern von Eva Braun kamen ebenfalls sehr schnell nach Arusha und es wiederholte sich das gleiche Drama, wie zuvor bei Nadine Müller. Es belastete die Kommissarin erneut massiv, als sie die tote Eva Braun nochmals so liegen sah. Die ihr ganzes Leben noch vor sich hatte, nur weil die Polizei keine Verstärkung erhielt und eine Sonderkommission verweigert wurde, musste sie qualvoll sterben Das Kopfkino der Kommissarin spielte sich wieder ab und sie sah in ihrem geistigen Auge nochmals den grausamen Scheiterhaufen, die abgebrannten Holzstücke, den Pfahl an dem Eva Braun gefesselt wurde und sie roch das verbrannte Fleisch und Blut. Es zerriss ihr das Herz, aber sie musste stark sein, denn sie war Kommissarin und wusste, dass so etwas in ihrem Job passieren kann. Jedoch so gehäuft, damit hatte sie nicht gerechnet. Die junge Kommissarin war erleichtert, als sie sich von den Eltern Braun verabschiedete und ganz alleine in ihrem Auto saß, um in die Serengeti zurückzufahren. Nun konnte sie ihren Gefühlen freien Lauf lassen und deshalb musste sie krampfhaft und heftig weinen. Denn sie war auch nur eine Frau und hatte Gefühle, die nun raus durften.

Dann stand schon wieder der Pressetermin der "Serengeti News" auf dem Programm und der Polizeichef Herr Saidi versuchte diesmal nichts herunter zu spielen, um die wichtige Einnahmequellen der Serengeti Nationalparkverwaltung und somit auch der Regierung von Tansania zu gefährden. Er hatte keine Schuldgefühle, denn er wurde von seinem Vorgesetzten im Stich gelassen und es wurde weder ein Polizist, noch eine Sonderkommision von Arusha abgesandt. Mit vier Polizisten ist er nicht in der Lage die vermutlichen Täter rund um die Uhr zu beschatten und neuen Spuren sinnvoll nachzugehen. Es wurden wieder die gleichen Fragen, wie beim Mord von Nadine Müller, von der Presse gestellt. Auch diesmal konnte der Polizeichef der Serengeti fast keine Frage beantworten und er war sehr froh als das Blitzlicht der Kameras endete und er die lästigen Fragen der Reporter hinter sich brachte. Es grauste ihm an dem Gedanken, dass dies schon am nächsten Tag alles in der Zeitung stehen wird. Er sieht schon die Schlagzeilen auf der ersten Seite vor sich stehen, "Mord am Grumeti River" oder wird sogar auf den Serienmord verwiesen !

Die Zeitungsleute werden zwar ihren Umsatz dramatisch steigern, aber die Folgen für den Tourismus werden gnadenlos sein. Es werden Arbeitsplätze abgebaut, manch ein Camp oder eine Lodge wird in den Bankrott getrieben und muss aufgeben. Hier in Tansania gibt es nicht viele Möglichkeiten für die einfache Bevölkerung Geld zu verdienen, da ist so ein Einbruch im Tourismusgeschäft existenzbedrohlich für viele Familien. Womöglich müssen dann die Familienväter wieder anfangen zu wildern, um ihre Familien nicht verhungern zu lassen. Dann wäre der mühsame Aufbau der Nationalparks und der Schutz der Tiere wieder in ernster Gefahr. Und das alles nur weil man bei der Polizei Geld sparen muss. So waren die traurigen Gedanken des Polizeichefs in der Serengeti.

Herr Saidi war froh als dieser unangenehme und anstrengende Arbeitstag vorüber war und er zuhause seine Ruhe und etwas Erholung fand. Seine Frau sah ihm abermals sein Zustand an, als er zur Haustür hinein kam. Sie nahm ihn in den Arm und gab ihm einen ganz dicken Kuss und meinte nur: "So schlimm wird es nicht werden. Auch dieser dunkle Tag geht vorüber und danach folgt wieder Sonnenschein." Er setzte sich in sein Wohnzimmer und war einfach nur ruhig. Seine liebe Frau brachte ihm eine Flasche von seinem Lieblingsbier und öffnete diese gleich für ihn. Er bedankte sich und nahm erst mal einen kräftigen Schluck davon, um sich seinen Kummer herunter zu spülen. Vor lauter Erschöpfung schlief der Polizeichef Saidi im Sitzen auf seinem Sofa ein und fand seinen gerechten Schlaf. Seine Frau schüttelte nur den Kopf und verstand ihn, denn ihr war die Situation der Hilflosigkeit in der kleinen Polizeistation bewusst. Sie war froh dass er ein wenig Schlaf finden konnte, auch wenn er dabei sehr laut schnarchte.

Der nächste Morgen wurde auf der Polizeistation wieder mit dem täglichen Meeting eingeläutet. Dazu fasste der Polizeichef nochmals alle Daten und Fakten der zwei Morde des Serienmörders zusammen. Es wurde anschließend diskutiert und beraten, wie mit dem kleinen Team der Polizeistation der Serengeti sinnvoll vorgegangen werden kann. Denn nun sind zwei Morde aufzuklären. Das Einzige was etwas bei der Arbeit hilft, ist die Tatsache, dass mit nahezu hundertprozentiger Sicherheit der selbe Mörder für die Morde an Nadine Müller und Eva Braun verantwortlich ist. Zum Schluss legte der Chef fest: "Frau Amani sie ermitteln bei allen verdächtigen Personen, vorrangig den Chefkoch und den "Fliegende Händler", sowie weitere, die zum Zeitpunkt der Entführung mit Eva Braun Kontakt hatten. Meine Herren, sie tätigen ihren Streifendienst und ich will, dass sie zusätzlich alle alten und verlassenen Gebäude im Umfeld der zwei Morde aufsuchen und nach einem Raum mit altem Menschenkot Ausschau halten. Ich gehe davon aus, dass in den Camps und Lodges eine Gefangennahme und Folter über drei Tage aufgefallen wäre, also muss es ein Raum sein, der nicht mehr benutzt wird. Bitte halten sie ständig mit mir Funkkontakt, ganz besonders vor und nach einem Verhör einer verdächtigten Person. Denn dieser Mörder ist hochgradig kriminell und ich möchte nicht, dass einer von uns als Nächstes auf dem Scheiterhaufen verbrannt wird. Bitte seien sie vorsichtig. Es tut mir sehr leid, dass sie damit so stark belastet werden, aber leider kommt aus Arusha vom Hauptquartier der Polizei keine Unterstützung. Viel Erfolg und los gehts an die Arbeit."

Die Kommissarin verhörte abermals den Chefkoch und den "Fliegenden Händler", leider ergaben sich keine eindeutigen Fakten oder gar Beweise, so dass es für eine Verhaftung ausreichend wäre. Es fehlt einfach an greifbaren Punkten, denn beide könnten die Serienmörder sein, oder sogar gemeinsame Sache machen und haben sich womöglich zusammen an den Opfern vergangen. Leider sind ihr die Hände gebunden, weil es keine Belastungszeugen, Fingerabdrücke, Haarspuren, DNA-Material oder andere Beweismittel gibt. Sie befragte anschließend alle betroffenen Personen nochmals, so wie ihr Chef es ihr anordnete, dabei kam sie aber keinen einzigen Schritt weiter.

Parallel suchten die zwei Herren Jabari und Zahir auf ihrer Streiffahrt nach alten und verlassenen Gebäuden. Anfangs fiel ihnen nichts Neues an Gebäuden oder Schuppen ein, die sie nicht schon geprüft und durchsucht hätten. Bis Herrn Jabari sich an die verlassene Ruine der "River Lodge" erinnerte, die früher mal eine Goldgrube war, aber wegen Erbstreitereien einfach langsam verfiel. Von den Erben wollte keiner ins Safarigeschäft einsteigen, zumal sie so viel Geld erbten, dass sie sorgenfrei bis zum Lebensende davon leben konnten. Die "River Lodge" liegt zwischen der "Nature Safari Lodge" und dem "Old Safari Camp", direkt in einer Schleife des Grumeti Rivers. Die halbverfallene Lodge besteht aus fünf großen Bungalows, einem Verwaltungsgebäude mit Restaurant, sowie Verwaltung- und Gästezimmern. Die Anlage war im Halbkreis angeordnet und in der Mitte lag das Verwaltungsgebäude. Auf der Innenseite des Halbkreises folgte ein großer Pool und eine Liegewiese. Nach dieser großzügigen Grünfläche wurde ein künstlicher Hang angelegt, der zwischen drei bis fünf Meter senkrechtes ins Gelände abfiel. Dies war der natürlich wirkende Schutzwall der Menschen, vor den wilden Tieren der Serengeti. Zudem hatte man vom Plateau der Lodgeanlage eine fantastische Sicht auf den Fluss und in die Ebene zum Grumeti River. So war es möglich von den Bungalows, den Zimmern, der Liegewiese oder dem Pool aus die wilden Tiere der Serengeti ganz bequem und ohne Gefahr zu beobachten.

Herr Zahir fuhr mit dem Streifenwagen zur verfallenen "River Lodge". Als die zwei Polizisten sich näherten, sahen sie von weitem einen grünen Jeep vor der verfallenen Lodge stehen. Es war kein Safari Jeep, deshalb gaben sie dem Polizeichef und der Kommissarin über den Polizeifunk Bescheid, bevor sie weiter zur Lodge fuhren und sich die Sache anschauten. Der Chef recherchierte nach dem Nummernschild und die Kommissarin machte sich auf den Weg zur "River Lodge". Die zwei Streifenpolizisten stellten ihr Auto weit vor der "River Lodge" ab, so dass es nicht zu sehen war. Weil sie sich zu Fuß, im Schutz der Bäume und Sträucher anschleichen wollten, um den Überraschungsmoment zu nutzen. Ganz leise und vorsichtig pirschten sie zum Verwaltungshaus, denn dort hörten sie laute Stimmen. Unterwegs zogen sie ihre Pistolen und entsicherten diese. Durch ein Fenster des Gebäudes konnten sie zwei Männer mit Großkalibergewehren sehen und ein paar Käfige mit gefangenen Tieren, wie Löwenbabys, kleine Paviane, Leopardenwelpen, junge Geparden und ein paar große Greifvögel. Etwas weiter hinten im Raum lagen ein paar Stoßzähne von Elefanten und Nashörnern. Im ersten Moment dachten die zwei Polizisten an einfache Wilderer, aber im Raum entdeckten sie ein Brandzeichen am Boden liegen, dies bestand aus einem Metallstiel und am Ende ein Kreuz im Ring. Ganz genau so wie das auf der Haut der ermordeten Frauen Nadine Müller und Eva Braun. Weil die zwei vollbärtigen, dunkelhäutigen Wilderer mittleren Alters ihre Großkalibergewehre an die Wand stellten und sich einen Kaffee machten, hielten die Polizisten es für sinnvoll zuzuschlagen.

Sie stürmten den Raum und schrien: Hände hoch hier ist die Polizei!" und zielten mit ihren Pistolen auf die zwei Wilderer. Diese erschraken und verschütteten vor Schreck ihren Kaffee. Herr Jabari schrie: "Auf den Boden legen und Hände auf den Rücken". Alles ging so schnell, dass die Wilderer keinen Ton von sich gaben. Dann holte Herr Zahir Spannband aus der Hosentasche und band es um die Hände der auf dem Rücken liegenden Wilderer. Nachdem die zwei Wilderer vorerst sicher und handlungsunfähig gemacht wurden, fragten die Polizisten: "Was machen sie hier und wozu sind diese Brandeisen mit dem Kreuz im Ring?" Der ältere Mann der Wilderer antwortete: "Wir haben nur wenige Tiere gefangen und ein paar Stoß-zähne von Elefanten und Nashörnern gesammelt. Damit wir unsere Familien ernähren können, denn seit den Morden auf den Lodges sind wir arbeitslos geworden, weil die Gäste teil-weise ausblieben. Irgendwie müssen wir ja überleben und was sind schon ein paar Tiere aus der großen Serengeti, dort gibt es doch hunderttausende davon. Herr Jabari antwortete: "Das ist strafbar und dafür werdet ihr mehrere Jahre im Gefängnis landen, dann haben eure Frauen und Kinder erst recht nichts mehr zum Essen." Der Wilderer erwiderte: "Komm Bruder, du kommst doch auch aus der Serengeti und als Polizist verdienst du nicht viel, lass uns laufen und wir geben euch die Hälfte der Beute ab. Das ist eine echte Win-Win-Situation. Man, du kannst die Kohle doch auch brauchen." Die zwei Polizisten steckten ihre Pistolen in die Halfter und jeder schnappte sich einen Wilderer um sie ins Polizeiauto zu bringen. Auf dem Weg zur Tür antwortete der Polizist: "Kommt nicht infrage, lieber bleibe ich bescheiden und habe ein kontinuierliches Einkommen für meine Familie, als das ich ein Straftäter werde und ständig in Angst leben muss. Was ist mit dem Brandeisen mit dem Kreuz und dem Ring?" Der Wilderer antwortete: "Das Zeug lag hier schon, als wir uns hier einquartiert haben, keine Ahnung wem das gehört." Die vier gingen weiter zur Tür, weil sie in der Zwischenzeit ins Schloss fiel, öffnete einer der Polizisten diese, um direkt zum Streifenwagen zu laufen. In der Sekunde, als er die Klinke runter drückte, schlug ihm die Tür mit voller Wucht gegen den Kopf. Jemand öffnete schlagartig die Tür von außen nach innen. Im selben Moment schrie ein dritter Wilderer mit gezieltem Revolver in der Hand in Richtung der Polizisten: "Ihr Bullen, hoch die Drecksfinger und macht sofort meine Jungs los, oder ihr bekommt eine Ladung Blei in eure Fressen." Ganz verdutzt und überrascht schnitten die Polizisten die Spannbänder der festgenommenen Wilderer durch. An-schließend wurden die Hände der Polizisten mit neuen Spannbändern hinter dem Rücken zusammen gebunden, ebenso ihre Füße. Die drei dunkelhäutigen Wilderer diskutierten nun untereinander, was mit den Polizisten zu tun ist, dabei wurden die Revolver wieder in die Halfter zurück gesteckt. Einer schlug vor die Polizisten umzubringen und sie den wilden Tieren in der Savanne zu überlassen. Ein anderer wollte sie erschießen und in den Fluss zu den Krokodilen werfen. Der Chef der Wilderer entschied: "Wir fesseln sie hier und laden schnell ein, denn bestimmt werden die zwei Bullen auf kurz oder lang vermisst und mir ist das Geld für unsere Ware wichtiger als auch noch wegen Polizeimord gesucht zu werden." Keiner der anderen Wilderer widersprach und so wurden die zwei Polizisten mitten im Raum an einer alten rostigen Bank gefesselt. Dann luden die Männer die Wildtiere und das kostbare Elfenbein der Elefanten und Nashörner in den Jeep. Nach dem Aufladen berieten sie noch im Verwaltungs-gebäude das weitere Vorgehen ihrer geplanten Flucht.

Auf dem Weg zur Tür wurden alle Männer im Raum über-rascht, denn die Kommissarin Amani stand mit gerichteter Pistole in der Tür und rief: "Hände hoch und die Waffen auf den Boden legen und mit dem Fuß zu mir schieben. Dies taten die Wilderer und dann kam das nächste Kommando der Kommissarin: "Auf den Boden legen und die Hände auf den Rücken. Einer bindet meine Kollegen los." So wurde es um-gesetzt. Die Streifenpolizisten waren sichtbar erleichtert, als sie ihre Kollegin sahen und sie befreit wurden aus der misslichen Situation. Die Wilderer wurden an Händen und Beinen mit Spannband oder Handschellen gesichert und auf die Ladefläche des Jeeps der Wilderer gesetzt. Jeder der Polizisten fuhr nun ein Auto, den Streifenwagen, den Jeep der Wilderer und das Auto der Kommissarin, auf direktem Weg zurück zur Polizei-station der Serengeti.

Die Presse der "Serengeti News" bekam sofort von der Verhaftung mit und diese gelungene Aktion der Polizei kam ganz groß raus. Dennoch war dies dem Polizeichef der Serengeti völlig egal, denn er wollte nur den Serienmörder finden.

Am nächsten Tag wurde die verfallene "River Lodge" von den Polizisten nochmals gründlich untersucht, aber es gab keinerlei Anzeichen dafür, dass hier eine Festnahme oder Folterung von zwei Frauen durchgeführt wurde. Die Polizei stand wieder da, wo sie sich seit Wochen befand. Nur das verrostete Brandeisen mit dem Kreuz im Ring, dass zwar die richtige Form hatte, aber seit vielen Jahren nicht mehr zum Glühen gebracht wurde, stellte sie vor ganz neuen Aufgaben. Es sieht zwar genau so aus, aber wurde nicht an den Frauen verwendet, sonst wäre der Rost abgeplatzt. Es blieb weiterhin alles ein ungelöstes Rätsel.

Ein paar Tage nach dem Vorfall mit den Wilderern fand das tägliche Morgenmeeting im Büro des kleinen Polizeireviers statt. Es wurde wieder heftig diskutiert. Dann sprach die Kommissarin: "Vielleicht ist es gerade andersherum als wir es denken und die Vergewaltigungen dienen tatsächlich nur zur Hilfe, um zum richtigen Glauben zu finden und dem Teufel abzuschwören. Es handelt sich um Hexerei und Teufelszeug. Dann wäre doch die erste Adresse der Pfarrer und sein Messner, weil beide Herren oftmals in ihren Predigten das Thema der Hexerei vortragen. Die ungläubigen wieder mit Gewalt zum Glauben geführt werden sollen und vor allem die jungen fruchtbaren Frauen bekehrt werden müssen, weil sie die Früchte der Zukunft in ihren Körpern tragen. Die Hassreden und Stimmungsmache in diese Richtung wurde in den letzten Jahren immer heftiger und der Zorn der Redner nahm stetig zu. Vielleicht suchen wir am falschen Ende und die zwei ledigen Herren versuchen den Glauben an die jungen hübschen Frauen zu bringen und den Teufel, sowie die Hexerei aus ihnen zu treiben. Ich habe recherchiert, denn beide Frauen waren ungläubig und hielten nichts von der katholischen Kirche. Außerdem waren beide Kirchenmänner immer zum Zeitpunkt des Verschwindens der Frauen zufällig an diesem Ort, in diesem Camp oder genau der Lodge. Ist das alles nur Zufall? Die Brandzeichen tragen auch eindeutig das Symbol der Kirche, ebenso die Verbrennung der Ungläubigen oder Hexen sprechen für die Tat eines überzeugten Kirchenmannes. Wir sollten die zwei unbedingt verhören." Der Polizeichef schlug die Hände über den Kopf zusammen und schüttelte ihn ungläubig und sagte: "Das können wir nicht tun. Den katholischen Pfarrer und seinen Messner zu verdächtigen und zu verhören. Sicherlich spricht viel für die Schuld dieser zwei Kirchenmänner, aber es sind Ehrenmänner, die dürfen wir nicht bloß stellen, sonst werden wir öffentlich zerrissen. Das geht überhaupt nicht." Die Kommissarin antwortete ihrem Chef: " Ich verstehe das alles was sie sagen. Aber wenn sie es doch sind, dann suchen wir immer weiter im Kreis und werden den oder die Täter niemals finden. Mein Vorschlag wäre, dass sie als Chef mit ihrer großen Erfahrung und dem guten Einfühlvermögen die zwei unauffällig verhören. Vielleicht ist verhören das falsche Wort und sie bitten die zwei Kirchenmänner um Hilfe, ob sie vielleicht etwas wissen zu diesen Vorfällen. Unter diesem Deckmantel sollte es doch gehen. Sie könnten sich auch noch aufklären lassen, was es aus Sicht der Kirche mit dem Scheiterhaufen zu tun hat. Das lenkt ein wenig ab und sie bekommen ohne öffentliche Schelte eine Auskunft." Der Polizeichef griff sich ans Kinn und kratzte sich, dabei überlegte er einen Moment und antwortete: "So gesehen ist das eine gute Idee von ihnen und ich glaube dass könnten wir riskieren. Frau Amani, da haben sie ihrem Chef ja ganz unauffällig einen Job zugeschoben. Respekt, das ist wirklich eine gute Arbeit und spricht für sie. Ich werde es versuchen und sie gehen ihrem Tagesgeschäft und den weiteren Ermittlungen nach. Viel Spaß bei der Arbeit und ich bitte wie immer um Rückmeldung, danke."

Der Polizeichef rief den katholischen Pfarrer an und erkundigte sich, wo er denn heute seine Predigten zu welchen Zeiten hält, um an der Messe teilnehmen zu können und anschließend ein paar Informationen von ihm einholt. Der Polizeichef hat Glück und er muss nur bis zur "Luxury Safari Lodge" fahren, weil dort um zehn Uhr der Gottesdienst stattfindet, danach wollen sie gemeinsam zu Mittag essen. Denn traditionell werden die zwei Kirchenmänner immer vom Chefkoch zum Mittagessen eingeladen. Dem Polizeichef war das sehr unangenehm, denn er wollte nicht beim Chefkoch essen und antwortete dem Pfarrer: "Zum Essen reicht es mir zeitlich nicht, können wir die Infos zwischen Predigt und Mittagessen vielleicht einschieben?" Der katholische Pfarrer gab zurück: "Das geht nicht, dann kann ich meinen nächsten Termin zur Predigt nicht einhalten und meine Schäfchen warten doch alle auf mich. Da will ich niemanden enttäuschen. Oder wir verschieben den Termin und treffen uns zum Gottesdienst auf einer anderen Lodge oder einem Camp." Das wollte der Polizeichef auf keinen Fall, denn dann müsste er noch weiter fahren und noch länger warten. Die "Luxury Safari Lodge" ist ideal für ihn, deshalb sagte er: "Gut, dann machen wir das wie besprochen und ich gehe nach der Messe mit ihnen und ihrem Messner zum Mittagessen in die "Luxury Safari Lodge". Der Pfarrer gab erfreut zurück: "Prima, dann freue ich mich, dass sogar einmal der Polizeichef in meine bescheidene Messe kommt und auch noch mit uns speist. Ich gebe dem Chefkoch der "Luxury Safari Lodge" Bescheid, damit er für einen Gast mehr eindecken lässt." Leicht unzufrieden gab der Polizeichef sein positives Feedback zurück. Danach wurde das Telefonat beendet.

Die zwei Streifenpolizisten gingen ihrer Routinearbeit nach und überlegten sich dabei, ob es in der Serengeti noch irgendwo eine alte unbenutzte Lodge oder ein Camp gibt, dass sie noch nicht untersucht hatten. Weil ihnen keine weiteren einfielen, blieb an diesem Tag eine zusätzliche Untersuchung eines verfallenen Objektes aus. Die Kommissarin recherchierte eifrig weiter und wollte immer noch nicht aufgeben, weil der Täter sich weiterhin auf freiem Fuß befindet.

Der Polizeichef Herr Saidi traf pünktlich um zehn Uhr zum Gottesdienst auf der "Luxury Safari Lodge" ein. Er begrüßte freundlich den katholischen Pfarrer Oliver Williams und seinen Messner Jimmy Black. Der Messner hielt einen Ehrenplatz mit

Platzreservierung für den Polizeichef in der ersten Reihe frei. Zu Beginn des Gottesdienstes begrüßte der katholische Pfarrer den Polizeichef nochmals ganz persönlich vor allen Gästen und ermahnte gleichzeitig, dass es wichtig ist, dass die verlorenen Schafe auch den Weg zur Messe finden, denn nur so können diese den Segen Gottes empfangen. Dabei schaute er gezielt den Polizeichef an. Nach dem Standardprozedere wählte der kluge Pfarrer das Thema der Serengeti in seiner Predigt und dass sich die Menschen nicht über die Tiere stellen dürfen und diese aus Habgier einfach töten, um z.B. junge Wildtiere oder Elfenbein der Elefanten und Nashörner zu verkaufen. Tiere sind schließlich auch Geschöpfe Gottes und haben ein Recht zu leben. Dann erwähnte er noch in seiner Morgenpredigt, dass die Ranger und Polizisten hier gute Arbeit leisten und immer wieder die Wilderer ertappen und bestrafen für ihre furchtbaren Taten. Dabei schaute der Prediger wieder ganz gezielt zum Polizeichef. Danach predigte der katholische Pfarrer abermals von seinem Lieblingsthema, nämlich die vielen Ungläubigen zu bekehren und wieder auf den rechten Weg zu bringen. Früher wurde dies teilweise mit Gewalt durchgeführt, weil viele Menschen arrogant geworden sind und sich dem Willen Gottes nicht beugen wollten, ja sogar dem Glauben gänzlich verschließen. Langsam wäre es an der Zeit, die alten Verfahren wieder aufleben zu lassen, denn wir müssen sicher stellen, dass die Frucht in den jungen Frauen auch nach dem Willen Gottes aufwächst und deshalb ist es sehr wichtig, dass gerade diese empfängnisbereiten Frauen an Gott glauben und fleißige Kirchgängerinnen sind. In diesem Sinne steigerte er sich stetig weiter, bis er schließlich fast zu schreien begann. Anschließend wurde es wieder ruhiger und die Gäste der Messe wurden zum Abendmahl aufgefordert, um den Segen Gottes vom Prediger zu erhalten, so wie ein Stück Brot, das in Form eines Oblaten vom Pfarrer in den Mund, der knienden Gläubigen gelegt wird. Danach erfolgte noch ein gemeinsames Lied und ein stilles Gebet, so wie am Ende das Glaubensbekenntnis in Form des "Vaterunsers". Damit entließ der katholische Pfarrer seine Kirchengemeinde in den neuen Tag. Der Polizeichef hörte nur unkonzentriert der Predigt zu, denn er überlegte sich während dem Gottesdienst wie er seine Fragen formuliert soll, damit der intelligente Pfarrer und sein Messner keinen Verdacht schöpfen, dass beide vielleicht als Täter der Morde in Frage kommen.

Nach dem Gottesdienst liefen der Pfarrer, sein Messner und der Polizeichef gemeinsam in einen Nebenraum des Restaurants der "Luxury Safari Lodge", um dort zusammen Mittag zu essen und auf die Fragen des Polizeichefs die Antworten der Kirchenmännern zu erhalten. Der Chefkoch und der Lodge-besitzer Ronald Miller begrüßten den Polizeichef und luden ihn zum kostenfreien Mittagessen ein.

Ronald Miller jammerte gleich zu Anfang los, dass sein Umsatz um über fünfzig Prozent seit dem zweiten Mord eingebrochen ist und er demnächst nochmals gezwungen wird Mitarbeiter zu entlassen. Dann sprach er den Polizeichef noch ganz persönlich an: "Sie müssen den Serienmörder endlich finden, davon hängt unsere Zukunft ab. Die Gäste haben Angst und bleiben deshalb aus." Der Polizeichef erklärte ihm die gesamte Situation mit der Sonderkommission der Polizei, die ihm sein Chef in Arusha verweigert und das es deshalb so schlecht voran geht. Nach kurzem Small Talk wurde das Essen vom Kellner gebracht. Der Chefkoch erklärte kurz am Tisch was auf den Tellern serviert wird: "Heute gibt es eine Tomatencremesuppe mit Sahne, ein Rinderhüftsteak vom afrikanischen Nguni-Rind mit gerösteten Zwiebeln, Western-bratkartoffeln, frische gedünstete Erbsen und Minikarotten in Butter angelassen und eine feine Soße. Zum Trinken ein Glas kräftigen Rotwein vom Weingut Stellenbosch aus Südafrika. Der Nachtisch besteht aus Bourbonvanilleeis auf Crêpes mit heißen Himbeeren und gerösteten Pistazienkernen. Ich wünsche ihnen einen guten Appetit." Dann setzte sich der Chefkoch wieder an den Tisch, denn er aß traditionell in dieser Runde immer mit. Das gefiel dem Polizeichef überhaupt nicht, aber er konnte nichts sagen zumal sein Chef Ronald Miller neben ihm saß. Nach ein paar Löffeln der köstlichen Suppe nahm der Polizeichef Anlauf um seine Frage unauffällig zu platzieren: "Herr Pfarrer Williams und Herr Black wie sehen sie das eigentlich mit diesen Morden an den jungen ungläubigen Frauen, die direkt neben dem Grumeti River auf einem Scheiterhaufen verbrannt und mit Brandzeichen der Kirche markiert wurden? Ist das ein Akt von guten Christen, die auf diese Weise junge Frauen bekehren wollen und vielleicht ein Kirchenpolitisches Zeichen setzten möchten? Oder sind das wegen den vorangegangenen Vergewaltigungen Sexualverbrecher ? Mir als kleiner Gläubiger fehlt dazu die richtige und tiefgründige Fachexpertise und ich hoffe sie beide können mir helfen!" Gerne antwortete der Pfarrer: "Herr Polizeichef Saidi da kann ich ihnen im Namen der Kirche und vermutlich meines Messners gerne darauf antworten. Ungläubigen Menschen versucht die Kirche schon immer zu helfen und sie zu bekehren, zu taufen und zu guten und gottesfürchtigen Christen zu erziehen. Hier war die katholische Kirche schon immer ein guter Vorreiter. Das fing mit den Missionaren an, die von Rom und anderen großen Glaubensgemeinschaften in die ganze Welt versandt wurden, um das Wort Gottes zu lehren und die Menschen vor Ort zu guten Christen zu bekehren. Ganz wichtig ist hierbei, dass die fruchtbaren Frauen zu besonders guten Katholiken erzogen werden, damit sie die Früchte ihrer Leiber zu ebenfalls guten Katholiken erziehen können. Somit wächst und gedeiht die Glaubensgemeinschaft um Jesus Christus. Wenn sich Menschen absolut gegen den Glauben und für die Hexerei, oder gar des Teufels aussprachen und diese sogar praktizierten und verbreiteten, dann ist höchste Gefahr geboten. Diesen Menschen muss das Handwerk gelegt werden und sie gehören, wenn es sein muss, wie früher mit Gewalt auf den richtigen Pfad des Glaubens gebracht, um der Hexerei, so wie dem Teufel abzuschwören. In besonders schweren Fällen wurden Frauen vergewaltigt und mit Brandzeichen der Kirche versehen, um den Teufel aus ihren Leibern zu verbannen. Oftmals half selbst diese hartnäckige Methode nicht, so dass nur noch der Scheiterhaufen übrig blieb, um das böse Werk des Teufels oder der Hexerei zu beenden. Erst danach wurden sie vom Bösen befreit und der Weg zum Himmel wurde für sie frei. Ich glaube für den Anfang ist dies genug und wir essen weiter, sonst wird die Suppe noch ganz kalt." Der Messner ergänzte: "Ja so ist es und oft sind die Wege zur Umkehr in den Glauben steinig und steil, da helfen die einfachen Werkzeuge nicht mehr." Der Kommissar fragte anschließend die zwei Kirchen-männer: "Zur Zeit des Verschwindens der zwei jungen Frauen Nadine Müller und Eva Braun waren sie in der jeweiligen Lodge oder dem Camp, ist ihnen vielleicht irgendetwas aufgefallen, das uns von der Polizei weiterhelfen könnte, um den Sexualstraftäter und Serienmörder zu finden." Der Pfarrer antwortete: "Vielleicht haben diese zwei jungen Frauen den Scheiterhaufen usw. verdient, weil sie solche schweren Fälle waren. War es gar Gotteswille, sie zu sich zu nehmen? Wir haben nichts gesehen und können ihnen da nicht weiterhelfen. Nun lassen sie uns aber weiter essen, sonst wird das gute Menü noch ganz kalt und wir verpassen zudem unseren nächsten Termin." Damit war der katholische Pfarrer Oliver Williams mit seinen Antworten fertig, dies war an seiner Tonlage klar und deutlich zu erkennen. Der Messner ergänzte nochmals: "Wir haben nichts gesehen und wenn Gott ruft, müssen die Menschen folgen, auch wenn es schmerzhaft ist". Dann wurde es ruhig am Mittagstisch und alle schauten verlegen nach unten und befassten sich nur noch mit dem Mittagessen. Der Polizeichef war mit den Antworten nicht zufrieden, traute sich aber auch nicht noch direkter zu fragen, denn er wollte es sich nicht mit dem Pfarrer verderben. Vielleicht wird er ihn auch noch irgendwann dringend benötigen.

Nach dem leckeren Mittagessen wurden noch ein paar leichte Worte gewechselt und das Essen des Chefkochs gelobt, so wie dem einladenden Roland Miller seinen Dank ausgesprochen, danach trennte sich der Kreis und jeder ging seines Weges.

In den nächsten Tagen wurde auf der kleinen Polizeistation der Serengeti noch sehr kontrovers über die Antworten des katholischen Pfarrers und seinem Messner diskutiert. Denn es war keine klare Ansage, sonder lauter versteckte Hinweise und jeder interpretierte diese Antworten der Kirchenmänner ganz unterschiedlich. Die einen meinten hier die Täter zu sehen, die anderen die pflichtbewusste Antwort aus Sicht der Kirche.

So viel sie auch suchten, sie fanden durch die Polizeiarbeit einfach keine sinnvolle Spur oder irgendwelche Hinweise oder gar Beweise, die zum Täter führten. Bald sind wieder zwei Monate vergangen und die Angst, dass der Serienmörder wieder zuschlägt steigerte sich dramatisch bei der Polizei und den Besitzern der Lodges und Camps. Der Polizeichef ordnete an, dass der Chefkoch, der "Fliegende Händler", der Pfarrer und sein Messner tagsüber beschattet werden, für die Nacht reicht die Kapazität der kleinen Polizeistation nicht aus. Die Hoffnung bestand darin, dass sie auf dem Weg zu ihrem Folterraum ertappt werden und dann für immer hinter Schloss und Riegel kommen.

Gleichzeitig traf ausnahmsweise mal wieder eine Singlegruppe junger hübscher Frauen zu einer Safaritour im "Lion Safari Camp" ein. Es war sehr schön so junge Menschen um sich zu haben, zumal sie alle aus Deutschland kamen. Das freute ganz besonders die Besitzerin Ulla Kleinschmidt, denn da konnte sie sich so richtig gut mit den Mädels austauschen und erfahren was es so alles Neues in Deutschland gibt. Die rothaarige Jasmine Schäfer aus München war mit Abstand die schönste Frau in dieser Reisegruppe. Mit ihrem langen welligen roten Haar, der fantastisch sportlichen und extrem weiblichen Figur stach sie aus der Gruppe hervor. Die siebenundzwanzigjährige Münchnerin war so etwas wie der Mittelpunkt der Reisegruppe, denn jeder konnte gut mit ihr und mochte sie. Mit ihren kleinen Sommersprossen über ihrer Stubsnase und den Wangen wirkte sie in ihrem hübschen Gesicht noch ein wenig kindlich. Wer aber ein wenig tiefer blickte, der erkannte eine mehr als ausgewachsene Frau vor sich, denn mit dem voluminösen und prachtvollen Busen wurde jegliche kindliche Diskussion ausgeschlossen. Diese Frau war nicht nur hübsch, sondern auch noch recht intelligent, denn sie hatte den Master als Wirtschaftsingenieur von einer deutschen Universität in der Tasche. So stand der attraktiven und sportlichen Frau die Welt offen, aber trotzdem war sie ein wenig naiv und leichtgläubig in manchen Dingen. Sie wurde sehr modern und offen erzogen, machte sich überhauptnichts aus der Kirche, denn sie war überzeugte Konfessionslose und glaubte nur was sie sah. Die junge Frau interessierte sich sehr für die Serengeti und die Tierwelt in Afrika. Deshalb unterhielt sie sich auch sehr gerne mit Ulla Kleinschmidt, um so möglichst viel von dem Leben in der Serengeti und dessen Tiere zu erfahren. Abends wurde es mit der jungen dynamischen Reisegruppe oft etwas lauter und sehr lustig, denn die Mädelsgruppe hatte immer was zu kichern. Das störte aber niemand hier und so lauschten die anderen Gäste gerne am Lagerfeuer und amüsierten sich prächtig mit ihnen. Natürlich wurde der eine oder andere Blick auf die Schönheit der jungen Frauen, von den anwesenden Männern, erhascht. Auch die jungen Männer der Massais waren von dieser Reisegruppe sehr angetan, ganz besonders aber gefiel ihnen die rothaarige junge Jasmine Schäfer, denn dieses prachtvolle Dekolletee stach so herrlich heraus. Oftmals trug sie keinen BH unter ihrem T-Shirts und das straffe Gewebe der großen Rundungen und die hervorstehenden Brustwarzen waren besonders schön zu erkennen.

Kein Wunder dass sich Tim, ein junger gutaussehender Safarigast in Jasmine Schäfer verliebte und sich am späten Abend in ihr Zelt schlich. Sie gönnte sich gerade einen Absacker und lud Tim dazu ein, denn er gefiel ihr und passte vom Alter und dem Berufsstand recht gut zu ihr. Dann kam es wie es kommen musste bei so jungen und verliebten Menschen. Sie küssten sich innig und Tim fing an sie am ganzen Körper zu streicheln. Das erregte Jasmine Schäfer immer mehr und ihre Gefühle stiegen weiter empor. Dann fasste Tim seinen ganzen Mut zusammen und griff Jasmine Schäfer unter ihr T-Shirt und massierte zart ihre üppigen und festen Brüste. Das erregte Jasmine Schäfer und ihre Brustwarzen stellten sich in voller Größe auf. Tim wurde immer mutiger und griff ihr in die Safarihose und freute sich über ihre nasse Scheide. Er kreiste mit seinen Fingern um die intimsten Stellen der Frau. Dies erregte sie so sehr, dass sie leise stöhnen musste. Dann rissen sich beide die restlichen Kleidungsstücke vom Körper und Jasmine Schäfer zwang ihn, sich nackt auf den Rücken zu legen. Sie setzte sich auf ihn und führte sein bestes Stück in sich ein. Das erregte sie so, dass sie voller Wonne und mit steigendem Stöhnen auf ihm ritt. Dabei wippten ihre mächtigen und wunderschönen Brüste auf und ab und Tim musste einfach danach greifen, um diese zu drücken. So kamen beide zum Höhepunkt und schrien vor Erregung diesen hinaus. Nachdem sie fertig waren, hörten sie von draußen ein lautes Klatschen und Grölen, denn die zwei Verliebten hatten vergessen im Zelt die Vorhänge zu schließen und das Licht auszuschalten. So bekam das ganze Camp eine gelungene Sondervorstellung von dem hübschen Paar geboten. Beide mussten heftig über ihre eigene Dummheit lachen und grölten letztendlich mit den anderen mit, die um das Zelt standen.

Am nächsten Morgen zog Ulla Kleinschmidt Jasmine Schäfer unauffällig zur Seite und bat sie solche Vorstellungen wie gestern Abend in Zukunft zu unterlassen. Das erfreut zwar die Gäste, es kommt aber ihrem Ruf nicht gut. Jasmine Schäfer entschuldigte sich für ihr Verhalten und teilte ihr mit, dass ihr dieses Missgeschick gleich gestern Abend auffiel und natürlich nicht mehr vorkommt. Dann fragte Ulla Kleinschmidt scherzhaft und schmunzelnd: "Hat es wenigstens Spaß gemacht?" Daraufhin zwinkerte Jasmine Schäfer mit einem Auge und sagte: "Es war fantastisch und leider war es deshalb auch zu hören." Beide grinsten und gingen auseinander, denn die zwei verstanden sich auf Anhieb gut.

Auf den Safaris trauten sich die Gäste wieder etwas mehr zu, zumal die Fernreisegäste von den Vorfällen der letzten Monate nichts mitbekamen und die Betreiber der Lodges und Camps schwiegen natürlich über die Morde am Grumeti River, denn keiner dachte daran sich sein eigenes Geschäft zu verderben und weitere Einnahmeverluste hinnehmen.

Die lustige deutsche Mädelsgruppe wollte natürlich unbedingt eine Nachtsafari unternehmen und sie buchten diese beim gutaussehenden Safariguide John Moore. Wie geplant starteten sie mitten in der Nacht, um das interessante Leben der Tiere in der Savanne zu beobachten. Es gab keinerlei unangenehmer Zwischenfälle und alle waren restlos begeistert. Die jungen Frauen stellten auf der Tour viele Fragen an den Guide, die er sehr gerne und kompetent beantwortete. Ganz besonders gern unterhielt er sich mit der hübschen Jasmine Schäfer, wie sollte es auch anders sein, sie war eben die schönste und beliebteste Frau dieser Gruppe.

Nach der Nachtsafari waren die Frauen noch so aufgeregt, dass sie entweder zum "Fliegenden Händler" gingen, um schöne Souvenirs zu kaufen, oder die einmalige Chance nutzen, an einem Gottesdienst im "Lion Safari Camp", mitten in der Serengeti, teilzunehmen.

Da sich Jasmine Schäfer nichts aus Gottesdiensten macht, ging sie nur ein paar Minuten hinein, um ein Gefühl zu bekommen, wie in der Serengeti so was aussieht. Danach verschwand sie und lief zum "Fliegenden Händler" ,um dort ein Souvenir für ihre Mutter zu kaufen. Lethabo Dlamini war wieder einmal ganz entzückt als er die hübsche vollbusige Jasmine Schäfer an seinem Verkaufswagen bediente. Seine Augen hüpften fast in das Dekolletee der jungen Frau, so war er von den großen prallen Rundungen fasziniert. Er versuchte sie für sich zu gewinnen und verwickelte sie in ein Verkaufsgespräch, das in eine Privatplauderei endete. Nach der längeren Unterhaltung wollte Jasmine Schäfer nur noch in ihr Zelt, um den fehlenden Schlaf ein wenig nachzuholen.

Die quirlige Mädelsgruppe verschlief den ganzen Tag und kam erst zum Abendessen an das Lagerfeuer. Tim fragte die Freundinnen von Jasmine Schäfer wo seine hübsche Flamme sei, denn er sah sie den ganzen Tag nicht und sie gab ihm auch keine Antwort auf sein Handy. Dies bekam Ulla Kleinschmidt auch mit und rannte zum Großraumzelt von Jasmine Schäfer, um zu schauen, ob sie vielleicht verschlafen hatte. Ulla Kleinschmidt hielt vor dem Zelt und fragte: "Jasmine bist du im Zelt? Darf ich hinein kommen?" Nachdem sie nichts hörte, erlaubte sich Ulla Kleinschmidt in das Großraumzelt zu gehen. Dort fand sie niemand vor, auch das Bett wurde tagsüber nicht benutzt. Sofort gab Ulla Kleinschmidt ihren Massais Bescheid, sie sollen ausschwärmen und die junge Frau suchen. Die erstaunte Besitzerin hatte sofort im Hinterkopf, dass hier etwas Schlimmes passiert ist, weil Jasmine Schäfer zu einhundert Prozent in das Beuteschema des Serienmörders passt. Nach mehr als einer Stunde erfolgloser Suche der vermissten Frau, rief Ulla Kleinschmidt die Kommissarin an. Die Telefonnummer fand sie auf der Visitenkarte, die ihnen die Kommissarin hier lies.

Die Besitzerin des Camps, Ulla Kleinschmidt, erzählte der Kommissarin alles ganz genau über das Verschwinden von Jasmine Schäfer am Telefon. Auch dass sie nach der Suchaktion ihrer Massais nicht gefunden wurde und es keinerlei Spuren von ihr gab. Die Kommissarin fragte die Besitzerin des Camps: "Wer war alles nach der Nachtsafari im "Lion Safari Camp" vor Ort? Wer hat sie als Letztes gesehen?". Darauf antwortete Ulla Kleinschmidt: "Ihre Mädelsgruppe, ihr Liebhaber Tim und weitere Safarigäste, so wie der Pfarrer, sein Messner und der "Fliegende Händler" Lethabo Dlamini. Es sind alle noch im Camp, nur die Kirchenleute und der Händler sind weiter gezogen. Jasmine Schäfer war kurz im Gottesdienst und lief danach zum Händler, um ein Souvenir für ihre Mutter zu kaufen, aber weder das Souvenir noch die junge Frau erreichten ihr Großraumzelt, in dem sie sich ausruhen wollte. Weil sie von der Nachtsafari mit dem Guide John Moore, wie alle Teilnehmerinnen, völlig übermüdet war." Die Kommissarin bedankte sich für das Gespräch und bat um sofortige Info, falls es Neuigkeiten gibt. Eine Suchaktion macht erst am nächsten Morgen Sinn, weil es hier schon stockdunkel ist.

Die Kommissarin rief noch am selben Abend ihren Chef an und informierte ihn über das Telefonat mit Ulla Kleinschmidt. Sie bemerkte auch: "Exakt zwei Monate sind vergangen seit der letzten Vermisstenmeldung. Es muss wieder der Serienmörder sein, denn alles spricht dafür. Die Frau Jasmine Schäfer sieht genauso aus und ist im gleichen Alter wie die ermordeten zwei Frauen, nur dass ihre Haare rot sind. Auch sie ist mit einer besonders großen und schönen Oberweite ausgestattet." Der

Polizeichef bedankte sich für den Anruf und vertagte die weitere Besprechung auf den nächsten Morgen im Polizeirevier.

Das Morgenmeeting in der Polizeistation war alles andere als aufmunternd, denn gleich zu Anfang verkündete die Kommissarin den gestrigen Vorfall, mit all seinen Daten und Fakten. Der Polizeichef teilte die Aufgaben wie immer ein und versprach sich höchstpersönlich nochmals um Verstärkung zu bemühen, auch wenn er dafür wieder einen Rüffel seines Vorgesetzten bekommt. Dann starteten alle Polizisten mit ihren Aufgaben.

Mit maximal schlechtem Gewissen und leichten Magenschmerzen nahm der Polizeichef Saidi den Hörer seines Telefons ab und wählte die Nummer seines Vorgesetzten in Arusha. Als sich sein Chef mit einem knurren meldete, sprach er zu ihm: "Wir brauchen nun dringend Verstärkung, am besten eine große Sonderkommission, denn so wie es aussieht haben wir in ein paar Tagen den dritten Mord." Herr Saidi erklärte seinem Chef alles im Detail und war froh, dass er wenigstens einmal zuhörte. Dann fiel sein Chef wieder in seine alte Leier zurück: "Wie oft soll ich ihnen noch sagen, dass sie ihre Arbeit richtig machen sollen, dann gibt es auch keinen neuen Mord. Ich habe in Arusha keine Möglichkeit ihnen Polizisten oder gar eine Sonderkommision zu entsenden, weil wir hier eigene Probleme haben und diese lösen müssen. Am Kilimandscharo ist die Hölle los und gestern gab es wieder drei Tote, da sind wir mehr als ausgelastet." Der Polizeichef der Serengeti gab nochmals alles und bat seinen Chef um Unterstützung, denn er ist nicht in der Lage mit vier Polizisten drei Mordfälle zu recherchieren und den Mörder dingfest zu machen. Er gab alles in die Waagschale, um bei seinem Vorgesetzten Personal zu bekommen. Es half einfach nichts, sein Chef blockte ab. Dann meinte der Polizeichef von Arusha: "Weil sie auf ihrer Polizeistation aber auch wirklich nichts hinbekommen und ich nicht noch mehr negative Presse in der "Serengeti News" über sie und ihre Leute lesen will, werde ich versuchen bei unserer Partnerstadt in Hamburg nachzufragen, ob eventuell ein Kommissar zur Unterstützung in die Serengeti abgesandt werden kann." Die Partnerstädte halfen sich des Öfteren aus, sei es um sich auszutauschen oder die Mitarbeiter internationale Erfahrungen sammeln zu lassen. Herr Saidi sah nun einen kleinen Lichtblick am Horizont und fragte: "Wann denn ein Kommissar aus Hamburg vor Ort in der Serengeti sein kann? Ist es nicht schon viel zu spät bis der Kommissar aus Deutschland eintrifft." Der Polizeichef von Arusha versicherte Herr Saidi: "Ich kümmere mich persönlich darum". Dann schleuderte der der Polizeichef von Arusha den Hörer in gewohnter Qualität wieder in die Gabel des Telefonapparates. Herr Saidi hielt vorsichtshalber schon seinen Hörer weit weg vom Ohr, damit er keinen Gehörschaden bekommt. Somit war das Telefonat beendet, obwohl Herr Saidi stark daran zweifelte, dass er aus Arusha überhaupt irgendwelche Hilfe bekommt und es ihm am Ende wieder so geht wie nach den letzten Morden in der Serengeti.

Der Polizeichef nahm sich der Sache tatsächlich sofort an und telefonierte mit dem Polizeichef in Hamburg, um ihm alles zu erklären. Weil die zwei schon immer gut miteinander konnten, sagte der Polizeichef aus Hamburg sofort zu und versicherte ihm, dass mit dem nächsten Flugzeug aus Deutschland ein Kommissar für die Serengeti bereit gestellt wird. Die zwei betrieben noch ein wenig Small Talk und beendeten schließlich das Gespräch.

Dem Polizeichef in Hamburg fiel sofort ein Kommissar ein, der schon einmal einen Einsatz in Kapstadt hatte und ließ sich von seiner Sekretärin, ohne direkten Umweg mit dem Vorgesetzten des infrage kommenden Kommissars, telefonisch verbinden. Anschließend teilte der Polizeichef dem Kommissar Manfred Turm mit, dass er einen Sondereinsatz in der Serengeti hat und sofort mit dem nächsten Flugzeug nach Arusha fliegt, um die Polizeistation in der Serengeti den Polizeichef Saidi zu unterstützen.

Über Nacht flog der fünfunddreißigjährige Single Manfred Turm von Hamburg über Frankfurt nach Arusha und war schon am nächsten Morgen in der Serengeti vor Ort auf dem kleinen Polizeirevier. Der gutaussehende, schlanke, sportliche und sehr korrekte Mann war in der Polizeischule nicht der Beste, aber er ist absolut unbestechlich und loyal. Er versteht nicht immer alles sofort auf Anhieb und deshalb versendet ihn sein Chef in Hamburg immer gerne für Sonderaufgaben. Mit seinem schwarzen lockigen mittellangen Haar und dem angedeuteten Mittelscheitel wirkt er manchmal etwas trottelig und un-konzentriert, ist aber dafür ein sehr guter Schütze. Er erhielt schon viele Auszeichnungen bei den Schützenwettbewerben der Polizei in Hamburg. Der Kommissar Manfred Turm wohnt in Hamburg sehr nahe dem Polizeirevier in einer kleinen Zweizimmerwohnung.

Der Polizeichef in der Serengeti war sehr überrascht, dass wirklich und vor allem so schnell Unterstützung aus Deutsch-land kam. Herr Saidi und die junge Kommissarin begrüßten Manfred Turm auf dem Polizeirevier und teilten ihm alles zur Vermisstenanzeige von Jasmine Schäfer mit. Er hörte nicht so ganz konzentriert zu, weil er immer wieder die junge und hübsche Kommissarin anschauen musste. Anschließend wurde ihm sein Zimmer gezeigt, dass auf der Rückseite der Polizeistation lag und er dies so lange bis zur Aufklärung der Vermisstenanzeige benutzen darf.

Der Polizeichef Herr Saidi fragte die Kommissarin und die zwei Streifenpolizisten ob etwas bei ihren bisherigen Er-mittlungen / Recherchen heraus kam. Alle schüttelten den Kopf und verneinten dies. Die Kommissarin teilte nochmals allen mit, dass die Vermisste keiner mehr gesehen hatte, nachdem sie vom "Fliegenden Händler" zu ihrem Großraumzelt lief, um sich dort nach der Nachtsafari auszuruhen.

Die Kommissarin hatte Angst, denn die ersten drei Tage nach dem Verschwinden der Vermissten sind fast vorbei und bei dem Serienmörder wurden zu diesem Zeitpunkt die jungen

Frauen, nach den grausamen Vergewaltigungen und den Brandzeichen auf dem Scheiterhaufen verbrannt. Die Kommissarin sagte: "Wir müssen uns beeilen, um sie noch zu finden, bevor wieder ein Mord geschieht." Dabei schaute sie alle Polizisten und den Kommissar aus Deutschland, mit ernster und entschlossener Miene, an. Wobei sie den Augenkontakt mit Manfred Turm nicht lange stand hielt.

Die Polizei arbeitete auf Hochtouren und machte Überstunden, um möglichst schnell Jasmine Schäfer zu finden. Aber auch in den nächsten Stunden gab es keine heiße Spur, die zur Vermissten führte.

Nach der dritten Nacht kam die erschreckende Nachricht per Telefon zur Kommissarin, die eigentlich keiner hören wollte. Es war Peter Kleinschmidt am Telefon und berichtete der Kommissarin ganz nervös und völlig aufgebracht: "Ich war mit meinem Jeep unterwegs um nach den Löwen zu schauen, weil wir heute noch eine Safari zu dem Rudel für die Gäste geplant hatten. Dann sah ich südlich der großen Flussschleife des Grumeti Rivers ein Feuer und fuhr dort hin. Auf dem Weg kam schlagartig Regen vom Himmel und löschte das Feuer. Ich war aber nah genug dran, um zu sehen was dort war. Ich erkannte eindeutig eine nackte Frau mit nach oben gefesselten Händen, die an einem Pfahl über dem verkohlten Holz gefesselt wurde. Als ich nah genug war, stieg ich aus meinem Jeep und lief zu Fuß zu diesem Scheiterhaufen. Da erkannte ich unseren Safarigast Jasmine Schäfer, weil ihr Gesicht von den Flammen verschont wurde, der restliche Körper war leider verbrannt. Ich band sie nicht los, weil die Frau durch den Rauch und das Feuer schon starb und eine Wiederbelebung mir aussichtslos erschien. Ich dachte mir, so sieht die Polizei was hier los war. Fast hätte ich vor lauter Schreck folgendes vergessen zu sagen. Es sind drei Brandzeichen auf ihrem Körper. Eines auf der Stirn, das zweite über der Brust auf der Herzseite und das dritte im Schambereich. Alle sind geometrisch gleich und in einer Form eines Kreuzes in einem Ring. So etwas habe ich noch nie gesehen. Diese junge hübsche Frau wurde quasi von Menschen hingerichtet und sollte verbrannt werden, so dass keine Spur des Mordes mehr übrig bleibt. Welches Schwein kann so etwas nur tun. So eine junge hübsche Frau hin-zurichten, sie hatte doch noch ihr ganzes Leben vor sich. Ich verstehe das nicht. Leider kam ich zu spät." Die Kommissarin beruhigte ihn und teilte ihm mit: "Sie haben alles richtig gemacht, bitte bleiben sie vor Ort und sichern sie die Leiche vor den wilden Tieren bis die Polizei eintrifft, wir machen uns sofort auf den Weg". Damit war das Telefonat beendet.

Die Kommissarin teilte alles dem Team der Polizeistation mit, auch dem Kommissar Manfred Turm aus Deutschland. Der Polizeichef gab abermals klare Anweisungen und orderte die Sonderkommission aus Arusha zur Obduktion der Leiche an.

Alles lief genauso ab wie in den zwei Morden zuvor. Leider bekamen die Beamten schon eine gewisse Routine in der Serengeti zu den Sexualverbrechen, Folterungen und Morden auf dem Scheiterhaufen.

Die anschließende akribische Polizeiarbeit brachte, wie immer auch keinen Erfolg. Alles war so aussichtslos und erbärmlich. Die Polizei stand da wie ein Haufen Deppen, denn keiner glaubte mehr den Täter ernsthaft zu finden. Der Wille war da, aber es gab einfach keine Beweise oder gar Zeugen, um den Serienmörder vom Grumeti River hinter Gitter zu bringen. Die Presse machte sich schon lustig über die hilflose Polizeistation der Serengeti. Die Eltern, die ihre Tochter Jasmine Schäfer identifizierten und nach Hause bringen ließen, waren furchtbar sauer und zornig über den Einsatz der Polizei in Tansania, speziell in der Serengeti. Es war für das Team der kleinen Polizeistation sehr schwer zu ertragen, nur der Kommissar aus Deutschland war noch hoch motiviert und voller Zuversicht den Mörder zu fassen.

Manfred Turm schlug ein halbtägiges Meeting vor, um die Serienmorde an den drei Frauen ganz genau zu analysieren und um in die Zukunft zu schauen, was die weiteren Schritte der

Polizei sein sollten. Es wurden dazu alle Daten und Fakten fein säuberlich auf den Tisch gelegt. Die Verbindungen konstruiert, Soziogramme erstellt, Mordmotive ausgearbeitet, so wie alle Hauptverdächtigen beleuchtet. Manfred Turm zog auf der Landkarte, im Büro der Polizei ein Dreieck, das aus allen drei Scheiterhaufen am Endpunkt bestand und meinte: "Hier in dieser Fläche des Dreiecks ist aus meiner Sicht die Wahrscheinlichkeit sehr hoch, dass sich darin der Folterraum befindet. Weil der oder die Mörder nach der Nacht nicht viel Zeit hatten, um bei Tageslicht Holz zu sammeln, den Pfahl aufzustellen und die Frauen für das Fegefeuer vorzubereiten und zu transportieren. Des Weiteren stellte er fest, dass der Safariguide John Moore noch nie richtig verhört wurde, obwohl er immer als Letzter auf einer Nachtsafari mit den ermordeten Frauen unterwegs war." Dann ergriff die Kommissarin das Wort: "Dieser Guide hat es nicht nötig sich Frauen auf diese Art und Weise zu beschaffen und er ist kein großer Kirchgänger, somit fällt er aus dem Raster und deshalb habe ich hier keine Energie verschwendet." Der Polizeichef überlegte noch ein wenig und sagte dann: "Das mit dem Dreieck erscheint mir sinnvoll und so sollten wir das verfolgen. Den Guide vernehmt ihr bitte nochmal gemeinsam und wenn da nichts bei rauskommt, dann wird er nicht weiter verfolgt und nun kümmern wir uns wieder um unsere Hauptverdächtigen, das sind der Chefkoch, der "Fliegende Händler", der katholische Pfarrer und sein Messner. Diese werden nun konstant tagsüber beschattet, so gut es eben mit unserem kleinen Team geht. Die Streifenpolizisten suchen weiter nach dem Tatort der Folter, vorrangig innerhalb der dreieckigen Fläche. Bitte halten sie mich alle auf dem Laufenden, ich halte Stallwache. Dann wünsche ich uns viel Erfolg und ran an die Arbeit." Damit war das Meeting beendet.

Die Kommissarin Frau Amani und der Kommissar Manfred Turm fanden heraus wo sich der Safariguide John Moore aufhielt und organisierten ein Meeting mit ihm. Sie trafen sich im "Lion Safari Camp" und besprachen sich in einem Nebenraum im Verwaltungshaus, den ihnen Ulla Kleinschmidt zur Verfügung gestellt hatte. Der Guide war wie immer bestens gelaunt und scherzte noch ein wenig und meinte: "Frau Kommissarin kommen sie heute sogar mit Verstärkung, bin ich so gefährlich?" Dabei zwinkerte er ihr mit einem Auge vielversprechend zu. Er fand es lustig und die Kommissarin war geschmeichelt, musste sogar ein wenig grinsen, aber Manfred Turm fand das nicht witzig. Er fragte den Guide: "Wo waren sie an den drei Tagen nach ihrer Nachtsafari, an denen die drei Frauen verschwunden sind, anschließend drei Tage vergewaltigt wurden und letztendlich auf dem Scheiterhaufen jämmerlich starben?" Er benannte zur Sicherheit noch das Datum, um keine Missverständnisse aufkommen zu lassen. Der Guide antwortete mit einem breiten Lachen im Gesicht: "Wissen sie Herr Kommissar, auch für mich sind die vielen jungen Frauen anstrengend auf einer Safari, weil sie immer so viel fragen und versuchen einen anzubaggern, deshalb bin ich immer sehr müde nach einer Nachtsafari und schlafe mich danach aus. Dafür gibt es leider keine Zeugen, weil ich Single bin und an den Folgetagen hatte ich immer tagsüber volle Auftragsbücher zu einer Tagessafari." Der Guide nannte ihm noch die Fahrten und für welche Lodges oder Camps er diese durchführte. Der Kommissar antwortete ihm: "Sie sind ja bestens vorbereitet auf unsere Fragen, als ob sie etwas zu verbergen hätten. Haben sie die drei Frauen entführt, vergewaltigt, mit Brandzeichen versehen und nach drei Nächten auf einem Scheiterhaufen verbrannt? Denn am Tag der Entführung haben sie kein Alibi und in den nächsten drei Nächten auch nicht, das ist doch sehr seltsam!" Der Guide schaute noch freundlicher und antwortete extrem hilfsbereit: "So ist es leider Herr Kommissar, aber als Single gibt es eben oft keine Zeugen, die ich für die Nacht benennen könnte, so gerne ich ihnen auch helfen würde. Auch ich habe nicht immer Glück bei den Frauen, so dass ich in jeder Nacht versorgt bin. Um ihre Frage ganz zu beantworten, ich liebe schöne Frauen und bekomme nicht immer alle die ich gerne hätte, aber vergewaltigen, foltern oder gar umbringen das geht deutlich zu weit und das würde ich nie tun." Dabei schaute der Guide die Kommissarin wieder ganz verliebt an. Manfred Turm wollte ihn noch in die Zange nehmen, da fiel ihm die Kommissarin ins Wort: "Ich denke das reicht nun und wir kümmern uns besser um die tatsächlichen

Tatverdächtigen". Weil Manfred Turm eine gute Erziehung genoss, wollte er der Kommissarin nicht vor dem Guide über den Mund fahren und widersprechen. Er wollte ihr später mitteilen, dass dies für ihn nicht in Ordnung war. So verabschiedeten sich die zwei Kom-missare und gingen zur Tür. Auf dem Weg hinaus sagte der Guide noch zu den zwei Kommissaren: "Ich wünsche ihnen viel Erfolg bei ihren Ermittlungen und hoffe sie finden den Täter schnell, denn auch für mich ist es geschäftlich ein Nachteil, wenn die Safarigäste ausbleiben."

Die zwei Kommissare überprüften noch die Aussagen des charmanten und freundlichen John Moore und stellten dabei fest, dass alles ganz exakt stimmte. Damit war die Kom-missarin sehr zufrieden und schloss den Verdächtigen für sich aus, nur Manfred Turm traute diesem Guide nicht über den Weg, er wusste nicht genau warum, es war so ein Bauchgefühl. Damit war der Verdächtige John Moore für die ortsansässigen Polizisten kein Verdächtiger mehr, nur Manfred Turm sah dies komplett anders, aber es machte keinen Sinn sich gegen die Kollegen aufzuwiegeln. Deshalb wurden nun die Standard-verdächtigen wieder konsultiert und verhört, so wie es der Polizeichef angewiesen hatte. Trotz aller Bemühungen wurde keine heiße Spur gefunden und es gab keine Zeugen oder gar ein Geständnis der Hauptverdächtigen. So blieb es leider die nächsten Wochen.

Die Streifenpolizisten suchten intensiv alles ab, auch nochmals die halb verfallene "River Lodge", aber es gab leider keine brauchbaren Spuren, so viel sie sich auch bemühten.

Nach exakt zwei Monaten meldete sich die alte Engländerin Emely Jones vom "Old Safari Camp" und gab sofort Bescheid, dass eine junge schwarzhäutige Frau nach der Nachtsafari ver-schwand: "Ihr Name ist Shirly Brown, sie ist neunundzwanzig Jahre alt und kommt aus den USA, genauer gesagt aus Florida. Sie ist Single und sieht wunderschön aus, ganz besonders auf-fällig ist ihre Figur, denn sie ist zierlich und schlank, jedoch mit einer wunderschönen und großen Oberweite gesegnet. Leider ist die hübsche Frau mit ihrem schwarzen langen Wuschelhaar nicht in der Kirche, was dem Pfarrer Williams bestimmt nicht erfreute." Die Kommissarin bedankte sich für die Info und gab diese ihren Kollegen und dem Chef weiter.

Der Polizeichef Herr Saidi trommelte sofort alle Polizisten der kleinen Polizeistation in der Serengeti zusammen und befahl eine zusätzliche Nachtschicht, um die Hauptverdächtigen, das sind der Chefkoch, der "Fliegende Händler", der katholische Pfarrer und sein Messner, zu observieren. Er teilte allen im sehr ernsten Ton mit: "Wir müssen ihn heute Nacht schnappen, damit dieser hübschen Shirley Brown nichts passiert. Bitte halten sie alle ihre Ohren und Augen offen, irgendwo muss dieser Raum sein, in dem er die Frauen gefangen hält und foltert. Halten sie mich bei allen Aktionen und Auffälligkeiten auf dem Laufenden. Wenn der Serienmörder ertappt wird, dann bündeln wir uns und schlagen gemeinsam zu, bitte keine Einzelaktionen. Dieser Mann oder die Gruppe ist sehr gefährlich und ich möchte keine toten Helden auf meiner Polizeiwache, deshalb ziehen sie spätestens im Ernstfall ihre schussichere Weste unbedingt an. Herr Turm sie übernehmen den Fliegenden Händler, der befindet sich noch im "Old Safari Camp", Frau Amani sie observieren den Chefkoch und die Herren Jabari und Zahir schauen nach dem Pfarrer und seinem Messner. Ich halte Stallwache und koordiniere alles, wenn es ernst werden sollte. Los geht's und viel Erfolg, in unser aller Interesse. Passen sie bitte auf sich auf." Danach schwärmten alle aus, bis auf den Polizeichef.

Manfred Turm fuhr nicht den direkten Weg zum "Old Safari Camp", denn er wollte so gut es geht parallel zum Grumeti River fahren, vielleicht könnte er in der Nacht ein Licht oder ähnliches sehen, das auf das Versteck des Serienmörders hinweist. Die Sicht in dieser Nacht war gut, weil der Vollmond die Serengeti etwas ausleuchtete. Er war schon an der "Nature Safari Lodge" vorbei und befand sich nun in seinem Dreieck, in dem sich aus seiner Sicht das Versteck befinden sollte.

Manfred Turm war höchst wachsam und schaute in alle Richtungen, aber es war nichts zu entdecken. Dann kam er an der Schleife des Grumeti Rivers vorbei und fuhr auf der Höhe der alten halbverfallenen "River Lodge" entlang.

Die Kommissarin und die Streifenpolizisten hatten es in dieser Nacht nicht so weit und beschatteten bereits ihre Verdächtigen. Über den Polizeifunk gaben sie bekannt, dass sie ihr Ziel erreicht hatten und ihren Auftrag umsetzten. Der Polizeichef bestätigte auf der Polizeiwache, dass er alles verstanden hatte und auf neue Infos wartet.

Von weitem sah Manfred Turm ganz schwach ein Licht auf der "River Lodge", das gerade eben ausgeschaltet wurde. Weil dort niemand wohnt und es keine Elektrizität gibt, kann es nur von einer Taschenlampe oder einem Auto sein. Kurzfristig entschied er sich direkt dorthin zu fahren und nach dem Rechten zu sehen, denn um diese Zeit hat dort niemand etwas zu suchen. Er fuhr langsam und kurz vor seinem Ziel schaltete er das Licht seines Autos aus, denn er wollte nicht entdeckt werden. Vorsichtig parkte er sein Auto hinter ein paar Büschen und Bäumen. Zog seine schusssichere Weste an und nahm seine Taschenlampe, sein Handy, usw. mit. Mit entsicherter Pistole lief er geräuschlos, wie ein anschleichendes Raubtier, zur alten "River Lodge". Er konnte nicht gleich etwas Auffälliges sehen, bis er die Innenseite der Anlage erreichte. Dort erkannte er einen Safari Jeep, der auf der Wiese kurz vor dem Ende des Plateaus stand. Als er näher kam erkannte er das Auto des Safariguides John Moore. Im Fahrzeug war niemand und so schaute er um sich, um irgendetwas in der dunklen Umgebung wahrzunehmen. Er hörte leise Stimmen und bewegte sich weiter in dessen Richtung. Als er am Rand des Plateaus stand entdeckte er eine kleine Steintreppe, die hinunter auf die Ebene des Grumeti Rivers führte. Etwa fünfzehn Meter entfernt schien ein schwaches Licht aus einem Schacht, mit einem verrosteten Klappdeckel. Außerdem schwachen Licht und dem Deckel vom Schacht war sonst weiter nichts zu erkennen. Um ihn herum waren keine Menschen zu sehen. Aus diesem Grund schlich er die Steintreppe hinunter und näherte sich mit gezogener Pistole zum hellen Erdloch. Die Stimmen aus dem Loch wurden heftiger und Manfred Turm rief den Polizeichef an und teilte ihm ganz leise mit wo er war und was sich tat. Der Polizeichef sagte ihm: "Bleiben sie wo sie sind es kommt Verstärkung."

Das Loch war der Ausgang einer ehemaligen betonierten Fäkaliensammelstation, die unter der Erde lag und in die das Toilettenabwasser der gesamten Lodgeanlage zentral zusammen lief, um hier gesammelt zu werden. Als die Lodge noch im Betrieb war wurden damals alle paar Monate, oder wenn der Füllstand erreicht wurde, der Kot von einem Fäkalienfahrzeug abgepumpt und entsorgt, weil es hier keine Abwasserkanalisation gibt. Der unterirdische Betonbehälter ist ungefähr vier Meter in allen Richtungen eines Würfels. Nur der runde Einstiegsschacht schließt ebenerdig ab und über den offenen rostigen Klappdeckel kann man durch den runden Schacht in den großen Betonbehälter hineinklettern. Ohne eine Leiter ist es unmöglich dort hinaus zu gelangen, weil die vier Meter Tiefe nicht ohne Hilfsmittel überwunden werden können.

Im Innern stand Shirley Brown mit gefesselten Händen nackt vor dem Safariguide John Moore und bat ihn sie wieder laufen zu lassen. Hinter John Moore lag das Brandeisen mit dem Kreuz im Ring und daneben standen auf dem verdreckten Boden ein paar Kerzen, um etwas Licht in dieses grausame Verließ zu bringen. John Moore zog sich aus und legte seine Kleidung sauber auf einem Stück Holz ab. Shirley Brown dachte an Flucht, sie musste eigentlich nur die Leiter hinauf und aus dem Loch steigen. Aber wie, denn ihre Hände waren auf ihrem Rücken zusammen gebunden. Dann fing John Moore an sie zu fragen: "Glaubst du an die katholische Kirche und den Schöpfer der Erde und bekennst dich zu ihm, du Hexe?" Sie sagte: "Ich kenne diesen Gott nicht und glaube nur was ich sehe." So ging das Verhör immer weiter und die Absagen an den Schöpfer machten John Moore immer schärfer. Als er deshalb schon erregt war, rollte er sich ein Kondom über seinen Penis und steigerte sich mit seinen Worten immer mehr hinein. Seine eigene Rede erregte ihn immer mehr und dann sagte er zu Shirley Browns: "Du kleine Hexe, dir werde ich den Glauben schon nahe bringen, so wie den zwei Frauen vor dir. Als Erstes werde ich dich erst mal so richtig schön vaginal nehmen, dann wirst du dich schon von deinem Teufel lösen und zum Glauben Gottes wechseln. Wenn ich es dir besorge und du vor lauter Geilheit anfängst zu johlen, wirst du den Herrgott preisen."

Manfred Turm schaute von der Seite in die helle Öffnung des Schachts und lauschte, was er dort hörte, aber durch den Hall in dem Betonbehälter und der Ausstiegsröhre konnte er nichts verstehen, alles war undeutlich. Weil aus seiner Sicht keine Gefahr im Verzug war, wollte er warten bis seine Kollegen eintreffen, so war die Anweisung des Polizeichefs. Zumal der Kommissar leider nichts sehen oder verstehen konnte, wollte er nur eingreifen, wenn es akustisch gefährlich klingt.

John Moore redete leise und behutsam weiter: "Na bekennst du dich zu unserm Schöpfer, dem einzig wahren und alleinigen Herren der Erde und dessen Menschen, so wie es Pfarrer Oliver Williams immer in seinen Gottesdiensten predigt? Wenn du mir keine Antwort gibst und kein Glaubensbekenntnis lieferst, dann werde ich jetzt anfangen dir den Teufel aus deinem Leib zu stoßen." Vor lauter Angst konnte Shirley Brown kein einziges Wort über ihre Lippen bringen, sie war ganz ge-schockt, starr und zitterte vor Todesangst. Zudem konnte sie kaum etwas sehen, weil ihr die eigenen Tränen die Sicht ver-trübten. Mit einem heftigen Griff zog er die Frau vor sich und bog ihre gefesselten Hände mit der linken Hand nach oben. So musste sie sich nach vorne beugen und stieß mit dem Kopf an die Betonwand. Dann drückte er mit Gewalt ihre Beine auseinander, spuckte sich in die rechte Hand und schmierte seinen Speichel auf ihre Scheide. Dann nahm er seinen Penis und rammte ihn mit voller Wucht in die Scheide von Shirley Brown. Danach griff er nach ihren großen Brüsten und drückte diese immer wieder kraftvoll zusammen. Shirley Brown wollte sich übergeben, aber konnte es nicht, sie wollte sprechen, aber brachte kein Wort heraus. Ihr liefen nur die Tränen aus ihren Augen und der Speichel rann aus ihrem offenen Mund über ihr schmerzverzerrtes Gesicht. Dann sprach John Moore wieder mit ihr: "Na, dir gefällt das wohl, weil ich immer noch keine Gnade des Herren von dir höre, du geile Hexe! Dann stieß er noch kraftvoller und hektischer seinen Penis in sie hinein und griff extrem hart ihre vollen großen Brüste. Vor lauter Schmerzen brachte Shirley Brown erst recht kein Wort heraus, sie wimmerte nur ganz leise. John Moore sagte: "Ah, ich höre wie es dir gefällt du kleine geile schwarze Hexe. Sag dein Glaubensbekenntnis oder ich muss dich noch härter ran nehmen, damit du von deinem Teufel abschwörst." Dann zog er sein Penis aus ihr raus und sie dachte es ist vorbei und er lässt sie in Ruhe. Er zielte mit seinem Penis auf ihren After und rammte ihn schlagartig bis zum Anschlag in ihren Darm. Das Blut rann aus ihrem After und tropfte auf den Fußboden, sie brach schließlich zusammen und wurde kurzzeitig ohnmächtig. Er vergewaltigte sie nun auf dem Boden vor sich kniend, wie ein Hund, weiter bis er zum Höhepunkt kam. Dann drehte er die ohnmächtige Frau auf den Rücken und ging zum Brandeisen, dass er mit einem Gasbrenner zum Glühen brachte. John Moore lief mit dem glühenden Brandeisen in der Hand zu Shirley Brown und sagte zu ihr ganz ruhig: "Dies ist deine letzte Chance, wenn du jetzt nicht das Vaterunser betest, dann brenne ich dir das Eisen in deinen Schambereich, so sieht jeder der dich vögeln will, dass du eine Hexe bist und mit dem Teufel gemeinsame Sache machst." Am Ende des Satzes kam Shirley Brown aus ihrer Ohnmacht zurück und sah das glühende Brandeisen vor ihrem Körper. Ihre Stimme war plötzlich da und sie schrie aus voller Brust: "Hilfe, Hilfe, hört mich denn keiner, Hilfe, Hilfe". John Moore sagte lächelnd: "Meine schwarze Hexe, hier hört dich keiner, auch die letzten Frauen hörte niemand. Erst als sie nach drei Tagen auf dem Scheiterhaufen brannten wurden sie entdeckt, aber da war es für die Gespielinnen des Teufels zu spät. Der liebe Gott nahm sie dann zu sich und sie wurden durch mich persönlich gerettet. Auch du wirst mir noch danken, wenn du gerettet wirst". Aus Leibeskräften schrie Shirley Brown nochmals voller Verzweiflung, mit der ganzen Kraft ihrer Wut und des Zorns: "Hilfe, Hilfe, Hilfe ...."

Manfred Turm hörte auf einmal verzweifelte Hilferufe und er wusste nun, er konnte nicht länger auf Verstärkung warten und musste eingreifen, auch wenn er keine Ahnung hatte was ihn dort erwartete. Er kletterte eilig die Leiter hinunter und dreht sich um, da spürte er schon etwas verdammt Heißes auf seiner Schutzkleidung am Bauch. Er schlug das Brandeisen dem John Moore aus seiner Hand und drohte mit der Waffe. John Moore griff mit beiden Händen um den Hals des Polizisten und wollte ihn erwürgen, dabei fiel dem Kommissar die Pistole aus der Hand und er versuchte sich mit seinen Händen vom Würgegriff zu befreien. Er hatte keine Chance gegen den viel kräftigeren John Moore. Die Luft blieb dem Kommissar weg und er war kurz vor der Ohnmacht, er sah sein Ende und konnte nichts dagegen tun. Plötzlich schrie John Moore voller Schmerz laut auf, denn Shirley Brown brannte ihm das Brandeisen von hinten auf seine rechte Wange. Gekrümmt vor Schmerz ließ er ab und hielt sich sein Gesicht. Manfred Turm griff schnell nach seiner Dienstwaffe und hielt sie vor John Moore. Weil der vor lauter Schmerzen nicht reagierte, schnappte sich der Kommissar seine Handschellen und band sie um die Hände von John Moore, die er immer noch vor sein Gesicht schützend hielt. Er drückte den Vergewaltiger auf den Boden, der voller altem Kot war. Dann band er die Hände von der geschändeten Frau los und gab ihr seine Polizeijacke, damit sie nicht nackt vor ihm stehen musste. Als Erster ging Shirley Brown die Leiter aus dem Fäkaliensammelbecken, dann Manfred Turm und zum Schluss John Moore.

Dann kam auch schon der Polizeichef, die Kommissarin und die zwei Streifenpolizisten in voller Schutzausrüstung angerannt und hielten ihre Pistolen auf die drei und der Polizeichef fragte: "Sind noch mehr da? Oder sind das alle?" Manfred Turm berichtete kurz und bündig. Dann grinste der Polizeichef und sagte: "Gratulation zu diesem Erfolg, aber ich habe ihnen doch Alleingänge verboten, sie sollten warten bis Verstärkung da ist." Manfred Turm, der Polizeichef und alle sein Kollegen lachten, denn ihnen fiel eine große Last vom Herzen, weil der Serienmörder gefasst war und die junge hübsche Frau Shirley Browns gerettet wurde. Anschließend fotografierte die Kommissarin den Tatort und sicherte alle Beweismaterialien.

Als der Polizeichef von Arusha von dem fantastischen Erfolg, der Festnahme des Serienmörders in der "Serengeti News" las, rief er den Polizeichef in der Serengeti an und sagte zu ihm: "Gratulation, sie sind ja doch noch zu was zu gebrauchen". Herr Saidi wollte noch mitteilen, dass der Kommissar Manfred Turm sich diesen Erfolg alleine verdient hat, aber da knallte schon der Hörer in die Gabel des Telefons. So wie immer.

Die Morde vom Grumeti River gingen in die Geschichte von Tansania ein und der psychisch kranke Serienmörder bekam die Höchststrafe, sowie eine anschließend lebenslange Sicherheitsverwahrung.

Die kleine Polizeistation in der Serengeti feierte die Festnahme des Serienmörders noch ganz ausgiebig. Manfred Turm blieb zur Erholung ein paar Tage in Tansania und schaute sich den Serengeti Nationalpark, den Ngorongorokrater, sowie den Kilimandscharo an, bevor er nach Hamburg zurück flog.

Widmung

Dieses Buch widme ich all den vielen Frauen die leider so eine Qual, wie im Buch beschrieben, durchleben mussten, oder gar zu Tode kamen. Möge so etwas in Zukunft nie mehr vorkommen und immer rechtzeitig verhindert werden.

Veröffentlichte Romane von Wolfgang Pade